この素晴らしい世界に祝福を！エクストラ

あの愚か者にも脚光を！

素晴らしきかな、名脇役

原作：暁 なつめ
著：昼熊

角川スニーカー文庫

20456

Character

リーン

職業 ウィザード

ダストのパーティーメンバー。
問題事を起こすダストの保護
者扱いされている節がある。

ダスト

職業 戦士

アクセルの街では、名の知れ
た冒険者らしい。妙な噂もあ
るが、真相を知る者はいない。

ゆんゆん

職業 アークウィザード

魔法使いとしての腕は確かな
のだが、基本は単独行動で
ある。

ロリ
サキュバス

職業 店員

冒険者の男達に極上の夢を提
供するサキュバスの店の店員。
流されやすい性格をしている。

アクア
職業
アークプリースト

ダクネス
職業
クルセイダー

めぐみん
職業
アークウィザード

プロローグ

「いいか、カズマ。お前は冒険者として、まだまだ未熟だ。運よく魔王軍の幹部を倒したからって調子に乗っちゃあいけねえ。分かるよな？」

冒険者ギルドの酒場の一角で俺は冒険者としての心得を、初心者冒険者であるカズマという男に語っている。

こいつは新人のくせに魔王幹部であるデュラハンを仲間と共に撃退した、期待の新人だ。前に少し、もめたりもしたが……。若さというのは過ちを犯してしまうものだ。今ではこんなにも打ち解けている。

「お前さんが憎くて言ってんじゃねえんだぜ。親友だからこその苦言だ。決して、女に囲まれていることを妬んでいるわけじゃねえんだ。そこんとこ分かってくれるよな？」

俺はそんなに器の小さい男じゃない。そこは強調しておかないと。

「分かってるさ、ダスト。親友じゃなくて、知り合いだけど」

「おいおい、水臭いこと言うなよ。お前と俺とは薄暗い個室で夜を共に過ごした仲だろ」

「誤解されること言うな！　あれは牢屋だろ！」

「間違っちゃいねえじゃねえか」

一緒に牢屋で熱く語り合ったのによ。

あの時、カズマはクソ領主の屋敷を爆破した罪で捕まったんだっけ？

「私もこの目でしっかりと見たわよ！　確かに二人は個室で一緒だったわ」

「面倒くさいタイミングで出てくんな。この駄女神がっ！」

話に割り込んできた女は、水のように澄んだ青い髪の美人だ。

見た目はいいんだよなぁ。見た目は。

「誰が駄女神よ！　アクシズ教徒達から崇め奉られている、女神アクアとは私のことなんだからね」

「っていう脳内設定だ」

「哀れだな」

こいつは名前が同じだからと自分が女神だと信じている、痛々しいプリーストだ。

「自分は女神だ」ってのは、持ちネタみたいなもんだよな。毎回滑ってるけどよ。

そもそも、世の中に迷惑しかかけてないと評判のアクシズ教徒ってだけでも、どうかしてるのに、わざわざ女神を名乗るか普通。

アクシズ教徒とは遭遇したことがあるが、人の話を聞かない連中ばかりだった。正直、深く関わりたいとは思わない。

仲間達もパーティーにプリーストが欲しいと言っていたが、アクシズ教徒となると二の足を踏むぞ。それぐらいヤバい連中だ。

「ねえ、なんでみんな私が女神だって信じてくれないの⁉」

「あのなぁ、プリーストさんよ。神様ってのは空の上から人々を見守る存在なんだろ？　やることだっていっぱいあるんじゃねえのか。この世界に降りて冒険者やる余裕なんてあるわけねえだろ。そんなことやってたら、神として職務怠慢だ」

「ごほっ、げはっ！」

「どうしたんだ、クリス。急に咳き込んで。まさか……気管に無理やり水を押し込む新たなプレイか！」

「ダクネスじゃないのですから」

近くの席にいた髪の短くて胸の寂しい盗賊の女がむせているのを、カズマの仲間をやっているクルセイダーのダクネスが心配？　しているようだ。

隣でから揚げを食いながらツッコミを入れているのは、頭のおかしい爆裂娘。ダクネスの言動に呆れているようだが、こいつもどうかしてんだよな。

名前はめぐみんだったか。……紅魔族のネーミングセンスはどうなってんだ。

「女神にもいろいろ事情があるのよ！　どっかのヒキニートに無理やり連れてこられたり

とかね！」

「アクア、そんなことあり得ないだろ。まさか、女神ともあろうお方が物と同等に扱われて、この世界に落とされるなんて……あるわけがないよな」

優しく微笑んでアクアの肩に手を置いたカズマに、泣きながらアクアが殴りかかろうとして、ダクネスに後ろから羽交い締めにされている。

女神を馬鹿にされると、プリーストとして一応は怒るんだな。

仲間になだめられるプリーストと、更にあおるカズマ。

この騒がしくも楽しい、駆け出し冒険者の街アクセルに相応しい新人だよ、ったく。

あいつらが盛り上がっている間に、朝から何も食ってなかった俺は店員を呼んで適当に注文した。

もちろん、カズマの支払いで。

第一章　あの物語の裏側を

1

酒が不味い。

冒険者ギルドでいつものように仲間達と酒を酌み交わしていたんだが、さっきから気分が悪くて仕方がない。

「あれっ、サラダにトマトが入ってないよ。あたしトマト好きなのに。……なに、しかめっ面してんのよ。ただでさえ冴えない顔が、益々チンピラっぽくなっているわよ」

うちのパーティーの紅一点であるリーンが、サラダをかき回していた手を止めると、呆れた顔をして俺を見ている。

青いマントを羽織り、赤髪を後ろで束ねた髪型。それに幼さを残した顔。リーンを見ているとどうしても……いや、今は関係ない。

「誰がチンピラだ、誰が。けっ、あいつらが来てから、この街も居心地が悪くなったよなーって、思ってよ」

「あいつとは、あの新入りの冒険者達の事か？」

酒場だというのに装甲鎧を着たままのテイラーが親指を立て、くいっと背後を指差す。

指の先には黒髪の軟弱そうな男とイケてる女が三人。……ムカつくヤツだ。

パーティー内で一番気が合うアーチャーのキースも気になったようで、活きのいいキュウリをくわえながら振り返った。

「あれって、確か魔王軍のベルディアとの戦いで活躍したヤツらだよな」

「そうらしいな。俺は現場に遅れて到着したから詳しくは知らねえけどよ」

たまたま野暮用であの戦いに初めからは参加できなかったが、活躍は耳にしている。

「魔王軍幹部の攻撃をその身で受け止め、苦痛に表情を歪めることなく笑顔を見せる姿はクルセイダーの鑑だった」

テイラーは同じクルセイダーとして思うところがあるのだろう。その目には尊敬の色が見える。

「紅魔族の子も、あの魔法の威力凄まじかったよ。ウィザードとしての格の違いを見せつけられたわ」

「青髪のアークプリーストが出した、あの水は圧巻だったぜ」

鼻の下が伸びているキースの視線は、そいつの尻に向けられている。

両手に扇子をもって何やらしている青髪の女は、人々に忌み嫌われているアクシズ教のアークプリーストってのが玉に瑕だが、それさえ我慢すれば極上の美女だ。

そんな三人に囲まれて仕事を探す一人の冴えない男。恵まれた仲間がいるのに荷物持ちの仕事を探す間抜け野郎が、どうにも気に食わない。

「そもそも、この駆け出し冒険者の街アクセルを仕切っている俺に挨拶の一つもねえってのが、納得いかねえんだよ！」

「誰が仕切ってんだ、誰が。仕切るどころか迷惑をかけている存在だろ」

テイラーの呆れたようなツッコミは無視だ。

キースとリーンも何か言いたげだが、目は合わせないぞ。

「全員が優秀な上級職でいい女。そんなハーレムにいるのが最弱職の冒険者ってか！楽ちんな人生で羨ましいぜ！」

俺はわざと、あいつに聞こえるように大声で言い放つ。

怒りを抑えた表情でこっちを見たあいつは――。

2

よっしゃあああっ！　パーティーメンバー交換に応じやがったぜ、あのバカ！

カズマとか呼ばれている最弱職の冒険者をうまい具合に口車に乗せてやった。

あいつが交換の際に喜んでいたのが気にはなるが、負け惜しみだろう。

頭に血が上って口が滑り、プライドが邪魔をして引くに引けなくなった。ってことだよな。そうでなければ、こんな極上の仲間を交換するわけがない。

冒険者ギルドの酒場でカズマに喧嘩を吹っかけたら、あっさりパーティーメンバーの交換に乗ってくるとはな。

あいつ、本当にバカじゃないのか。一時的とはいえ、こんな上玉を手放すなんて。

上級職でおまけに全員いい女ときた。一人は体つきが残念ながら成長途中だが、今のうちに唾をつけておいて損はない。

今日一日だけ交換という約束だったが、ここで俺の格好良いところを見せつけて、メンバーの入れ替えも……それはダメだ。リーンから離れるわけにはいかない。うちのパーティーに勧誘してみるのもありか。

「ねえ、ゴブリンを倒しに行くって話だったけど、やっぱりもっと強い敵を倒しに行かない？　ドラゴンとか！　私達の手にかかれば、ちょちょいのちょいよ」

なに言ってんだ、こいつは。ギルドでも同じことを言ってやがったが、頭のネジ外れてんじゃないか。自信満々に胸を張っているってことは、実力にかなり自信があるってことだろうが。

この強気な青髪のアークプリーストは、確かアクアって呼ばれていたか。

「いいな！　一度ドラゴンのブレスを受け止めてみたかったのだ！　灼熱の息を全身に浴び、こんがりと炙られる……いいっ！」

正気か、このクルセイダー。上級職とはいえドラゴンのブレスを正面から浴びたら、黒焦げどころか、あの世に直行だぞ。それに受け止めるも何も、こいつ……。

「なあ、さっきも言ったけどよ。なんで武器を持たずに……防具も着てないんだ？」

「言ったではないか、武器があっても意味がないと。それに鎧は魔王の幹部との激戦で壊れてしまってな」

「……譲りたくはねえが、百歩譲って武器はともかく……鎧のない前衛って、ヤバイだろ」

「安心しろ。貧弱な攻撃など、通用せん！　それにゴブリンと戦うなら、防具はない方が手間が省けて何かと都合がいい！」

都合がいいって……何が？

なんでこいつ目が潤んで頬を紅潮させて呼吸も荒いんだ。戦いを前にして気分が高揚しているだけだよな……だけ、だよな……？

魔王軍の幹部の攻撃を受けきったぐらいだ。鎧がなくてもゴブリン程度なら問題ない……ってことにしておこう。

「ドラゴン退治ですか、いいですね。その身を守りし堅牢な鱗を、我が爆裂魔法で粉砕して見せましょう！」

マントをばっと広げて杖を突き出している小娘は、紅魔族のアークウィザードだ。

紅魔族ってのは膨大な魔力と、おかしなネーミングセンスで有名な一族。名前はめぐみんだったか……。こんなふざけた名前ってことは、紅魔族で間違いないな。

「い、いや、前も言ったけどよ、あんたらなら倒せるかもしんねえが、俺じゃちょっと力不足でな。すまんが、ゴブリン退治で納得してもらえないか」

それにドラゴンとは……争いたくないんだよ。できることなら避けたい。

「仕方ないわねー。カズマに見せつけるために大物倒したかったのに。特別にそっちの実力に合わせてあげるわ。感謝しなさいよ」

「そうだな。我々に対する認識を改めさせたかったのだが」

「まあ、いいでしょう。ドラゴンスレイヤーは別の機会に」

自分達が負けるとは微塵も思っていないこの自信。やはり、相当な実力者で間違いないようだな。どう考えても、最弱職の冒険者にはもったいないメンバーだろ。

「なあ、なんであんたらは、あんな最弱職と組んでんだ？　上級職のお前さん達なら相手を選びたい放題だろ？」

「えっと、それは。ヒキニートを放っておけなかったのよ！」

「そ、そうですよ。決して、他の冒険者に断られて拾ってくれる人がいなかったわけではないのですよ！」

「う、うむ。一度組んだ相手から泣きながら、もう勘弁してくれ。と拒絶されたわけではないぞ、断じて。人づてに極悪非道な冒険者にか弱い女性二人が虐げられていると聞いてな、是非参加……バカな真似をせぬように、見張っているのだ」

「ふーん。まあ、そうだよな。ならクズと組んでいるのも分かるってもんよ」

どう考えても釣り合ってないからな、最弱職のカズマだけは。

憐れみと見張りか。そう考えると納得もいく。

「そうよ、私達の方が凄いのに、ヒキニートごときに偉そうに命令されることはないのよ！　もっと、敬って甘やかすべきよね！」

「そうですよ。もっと大事に扱われるべきだと思います！」

「カズマは我々を甘く見ているからな。今回の一件で我々の大切さを知るがいい」

憤る面々を見ていると、マジで引き抜ける気がしてきた。

今日はいいとこ見せていくぞ。あ、そうだ。先に知っておくべきことがある。

「そういや、あんたらのスキルを確認させてくれないか。一応、知っておいた方がいいだろ」

「私は宴会芸スキルとアークプリーストのスキル全部使えるわよ。得意なのは花鳥風月ね」

「宴会芸……そ、そうか。アークプリーストのスキル全部はすげえな！」

アークプリーストのスキルを全部取っても、宴会芸スキルを取る余裕があったということか。これは想像以上の逸材かもしれないぞ。

「我が名はめぐみん！　最強のアークウィザードにして爆裂魔法の使い手！」

「お、おう。名前はもう聞いたが、爆裂魔法が使えるのか！　そりゃすげー！」

アクアとかいうアークプリーストと同じで、ある程度魔法を取ってから爆裂魔法を取得したってことだよな。だとしたら相当の腕だ。

まさか、他の魔法も覚えずに爆裂魔法を取る馬鹿なんていないよな。

魔王の幹部が呼び出した配下を一掃したらしいから、その威力は疑う余地もない。おだてて気分よくさせておくとするか。

「爆裂魔法を使える魔法使いと組めるなんて、最高じゃねえか！　こりゃ、後で仲間達に自慢しねえとな！」

「爆裂魔法の良さが分かっているとは、できる人ですね。街から離れていますし、ここな

ら怒られないから、ちょうどいいです。我が魔法を見せてあげましょう！」

「えっ？」

何を……言っているんだ。こんな見通しのいい平原で爆裂魔法をぶちかましたら、その音を聞いて魔物が寄って来ちまうぞ。冗談だよな？

苦笑いを浮かべる俺の目の前で、杖の前に収束していく膨大な魔力。

火花みたいなのが飛び散っているんだが。このピリピリする感覚は……正気かっ？

「お、おい！　やめ――」

「エクスプロージョン！」

俺の制止は放たれた魔法と爆風と爆炎、そして爆音に掻き消され……うおおおおっ！

「おごごっ！　ふ、伏せろおおおおっ！」

押し寄せてきた爆風の影響を少しでも減らすためにその場に伏せたのだが、クルセイダーは平然と突っ立ったままだ。

その背後でアークプリーストが膝を抱えて座り、あくびをしている。

おかしいだろ！　……ビビっているのは俺だけって、なんなんだこいつら⁉

爆風が止んだので恐る恐る立ち上がると、平原に巨大な窪地が完成していた。

「マジか……こんな威力見たことねえぞ……」

「どうですか、我が爆裂魔法の力は」

自慢気に話しているアークウィザードを見ると……地面にうつ伏せで倒れていた。

「おい、なんで寝てんだ？」

「魔力を使い果たしてしまったので……」

「はあああんっ、えっ、お前、一発で魔力尽きたってのか！　冗談だろ！」

爆裂魔法を一発撃って魔力切れした魔法使いなんぞ、無価値じゃねえか！

「なんで敵もいないのに撃ったんだよ！　意味分かんねえぞ!?」

「爆裂魔法は気持ちが昂った時に撃つものなのですよ。これだから素人は困ります」

「慌てるな、いつものことだ」

「素人ってなんだよ!!　魔法使いが使いもんにならなくなっちまったんだぞ!?　ちっとは、慌てろよおおおっ！」

「過ぎたことをごちゃごちゃ言っていると、禿げるわよ。あっ、見て見て、遠くから何かがこっちに走ってきてるわ」

こいつらは、なんでこんなに呑気なんだよ！

ああもう、服を引っ張るな。ガキかお前は。こっちに何かが向かっているって、どうせ爆音を聞きつけた冒険者か衛兵だろ。

「黒い毛をした四足歩行の獣のように見えるが……。野性味あふれるいい具合の獣っぷりではないか」

「黒い獣？」

どうにも嫌な予感しかしないぞ。俺は目を細めて、ソレを注視した。

猫科の獣で全身は黒い毛で覆われている。口からは巨大な二本の牙……って、おいおい！

「初心者殺しじゃねえか！　とっとと、逃げるぞ！」

あの爆音を聞きつけて来たのかっ！　足手まといがいる状態で戦うのは辛い！

力尽きている役立たずの魔法使いを背負い、走り出そうとしたのだが。

「あれが、初心者殺しか！　一度手合わせしたいと思っていたのだっ！　剣を借りるぞ！」

「おい、待て！　それは俺の大事な――」

クルセイダーが俺の剣を奪って、敵に向かって突っ込んでいきやがった。何考えてんだあのバカ！

初心者殺しはゴブリンやコボルトのような雑魚を囮にして、逆に人間を刈る最悪で狡猾な魔物だ。上級職が揃っているこのメンバーなら本来は勝てる相手だが……これまでの行動を見る限り、嫌な予感しかしない。

「いけーっ！　ダクネス、そこでパンチよ！」

煽るな、クソプリースト！　応援するなら支援魔法の一つでも使え！

「我が一刀を受けよ！」

ためらいもなく飛び込み、剣で薙いだクルセイダーの一撃は空を切った。

初心者殺しが避けたのではなく、あいつが勝手に何もいない空間に斬りかかっただけだ。振りかぶって再度攻撃を加えているが……豪快な素振りだ。

「おい、なんだあれ……」

背負っている爆裂娘に質問すると、的確な答えが返ってきた。

「言っていたじゃないですか。ダクネスの攻撃は当たらないのです。防御は盤石なのですが」

だから武器は不要だと言ったのかっ！

攻撃の当たらないクルセイダー……。敵のいない平野に魔法一発放って使い物にならなくなる爆裂娘。

……絶望するのはまだ早い！　このアークプリーストの実力は確かなはずだ。支援魔法の力を借りて、クルセイダーが倒される前になんとかしないと！

「なかなか、鋭い攻撃ではないか！」

あれ……鎧を着ていないというのに、あのクルセイダーは初心者殺しの攻撃に耐えきっているのか？

服がズタボロに切り裂かれていくというのに、本人は見るからに元気なのもおかしな話だが、表情が喜んでいるように見えるのが理解不能というか……理解したくない。

おまけに人の剣を放り投げて、初心者殺しと素手で格闘してるぞ。

「そのまま押し倒し、その獣欲を私にぶつけるというのかっ！　人どころか獣にこの柔肌を蹂躙される……くううっ！」

あの攻撃を受けて平然としておいて、何が柔肌だ。

身悶えしているダクネスの肩に噛みついている初心者殺しが、気のせいだとは思うが怯えた表情をしなかったか。

……それは気のせいだとしても、あいつ肩に噛みつかれているのに痛がる素振りを見せないのはどういうことだ。なんで、あんなにいい笑顔してるんだよっ！

今にして分かった、理解した。こいつら……異常だ！　頭がおかしな連中ばかりだ！

カズマが押し付けるようにして、交渉を積極的に受け入れたのがよ——く、分かった！

「涎を垂れ流し、もっと激しく噛め！　そして、服をびりびりに切り裂き、抵抗する私をじわじわと追い詰め、いきり立った……たまらんっ！　はあああんっ！」

奇声を上げたクルセイダーが白目をむいて倒れた。そのまま、とどめを刺されるかと警戒したのだが、初心者殺しが噛みつくのをやめて後退っているぞ。

あのわけの分からん気迫と異常さに怖気づいたのか？　あの初心者殺しが？

り、理由はどうでもいい。相手が退いてくれるなら今がチャンスだ！

「逃げるぞ、お前ら！」

「馬鹿なことを言わないで。初心者殺しを倒したら、カズマが私達を見直して土下座しながら、シュワシュワの二杯でも十杯でも奢るはずよ！　女神の一撃をくらいなさい、ゴッドブロー！」

「頭いかれてんのかっ！　なんで、このタイミングで仕掛けるんだよ！」

　その拳が届く直前、クルセイダーを噛み続けていた初心者殺しの口から零れた唾液に、プリーストが足を取られて前のめりに倒れそうになる。

　体勢が崩れたことで、青髪の頭がちょうど初心者殺しの前に差し出される形となった。

それをためらいなくカプッと噛みつく。

「ひぎゃあああっ、噛まれてる、モグモグされてるーっ！」

　頭をがっちり噛まれているのに余裕があるな。あの硬いクルセイダーを噛みすぎて顎の力が弱まっているのか？

「ちょっと離しなさいよ！　女神を美味しくいただこうなんて、罰を与えるわよ！　ねえ、それ以上は本当にヤバイと思うの、だからねえちょっと……誰か助けてぇ！　カズマさーんっ！」

　まだまだ耐えられそうだが、見捨てるわけにもいかないよな。

　背負っていた爆裂娘をうつ伏せになるように地面へ放り出し、そいつが手にしていた杖を拾う。

「これじゃ、何も見えないじゃないですか！　せめて、頭そっちに向けてくださいよ」

こっちに足を向けた状態でわめいているが、わざとそうしているんだよ。

クルセイダーは気絶中、ギャーギャーうるさいプリーストは相手の顎を摑んで暴れていて、こっちを見ていない。

「杖ならノーカンだよな」

腰を落とし軽く振り回して具合を確かめる。槍とは勝手が違うが初心者殺しなら問題ないかっ！

なんとか初心者殺しを追い払い、動けないウィザードを背負い、泣きじゃくるプリーストを何とかなだめ、白目を剝いて気絶しているクルセイダーを背負ってもらい……どうにかギルドへ帰ってこられた。

誰だハーレムなんて言ったのは……。あの時に戻れるなら、助走をつけてから全力で俺を殴りたい！

疲れた、心も体もボロボロだ……。冒険でここまで疲労したのは生まれて初めてだぞ。

あいつらはまだ帰ってきてないのか。戻ってきたら、やるべきことがある。

「――今日は、なんか大冒険した気分だよ！」

扉の向こうから聞こえてきたのは、リーンの楽しそうな声。
それに引き換え、こっちはこの有り様だ。
「ぐずっ……ふえええっ……」
動けない二人に泣き声。
あいつが扉を開いたら……非礼を詫びてから仲間を返してもらう！
そのためなら土下座でもなんでもしてやる！

あの魔剣をあなたに

1

俺の名はダスト。

駆け出し冒険者が集まる街アクセルで、街を取り仕切っている……ような存在だ。

今日もこうやって街中を目的もなくぶらついているように見えるが、街の治安を保つための見回り中だったりする。

「おいっす、元気にしてるか」

こうやって気軽に住民と会話することも大切なことだ。

日頃から親しみを持たれるように、自分から話しかける。この街の代表者として当然の義務だと言える。

「げっ、ダストかよ。撒く塩はどこだ、塩は。今日は売れ残りの品はねえぞ！　てか、前のお代もらってないんだが」

雑貨屋の店主が見るからに嫌そうな顔をして、言いがかりをつけてきた。

「おいおい、あれは欠陥品をただでもらい受けただけだろ。むしろ、壊れたから賠償金を欲しいぐらいだぜ。そういや、壊れた破片で怪我したから治療費もくれよ。あと、心も傷ついたから慰謝料も頼むぜ……。全力で塩ぶつけんなっ！」

店主のオッサンが鷲摑みにした塩を、容赦なく投げつけてきた。

この野郎、食べ物を粗末にするな！

「ぺっぺっ！　くそっ、塩が鼻にっ！」

「どうせすかんぴんでろくに飯も食ってないんだろ？　貴重な塩分が取れてよかったじゃないか。慰謝料も何も壊れているって念を押したのに、強引に持って行ったのはどこの誰だ？」

「あー、覚えてねぇなぁ。そんなことを言った証拠はあるのかよ、あああっ？　もしも証拠があるって言うのなら、即効で謝罪するけどなっ！　だが証拠がなけりゃ謝るつもりは毛頭ねえよ！」

俺がすごむとオッサンが後退る。

けっ、この凄腕冒険者であるダスト様にいちゃもんつけるなんて十年早い。

「おらっ、詫びる気があるなら、出すもん出しやがれ！　ないなら、今までのツケをノーカンにしてくれ！　さあどっちでも俺は構やしねえぜ！　ごふううぅっ！」

勝利を確信した瞬間、目から火花が散った。

脳天に猛烈な痛みを感じ、慌てて振り返った先には眉根を寄せて睨むリーンがいた。

「なにすんだっ！　痛えじゃねえかっ！」

「なにすんだ、じゃないわよ。あんたは、所かまわず人に迷惑かけないと生きていけない存在なの？　暴言吐かないと死ぬの？　人に迷惑かけるのが趣味なの？」

「俺は人の道を説いていただけだってえの」

「はーっ、人の道からはみ出して路頭に迷っているダストがそれを言う？　アクシズ教徒が、人に迷惑をかけてはいけません、って説法するより説得力がないわよ。冒険者に絡むならまだしも、市民に迷惑かけるのはやめなって。あーっもう、酒臭いなぁ。また昼間っから酒飲んでるでしょ」

「けっ、飲まずにやっていられるかってんだよ。あれは三がくるはずだったのに、あいつら絶対にイカサマやっていやがるぜ」

思い出しただけで腹が立つ。行きつけの賭博場で今日こそは俺の仕込んでおいたイカサマで勝つ予定だったのに、有り金を全部持っていかれた。

ムカついたから、つい勢いで相手を小突いたら出禁にされてしまって、この有様だ。

「あんた、風呂ちゃんと入ってる？　頭フケだらけなんだけど。ちょっと寄らないで」

「これは塩だ、塩！」

「頭に塩を振るバカがどこにいるのよ」

オッサンを睨みつけると、素知らぬ顔をしている。

……いい根性しているよな、このオッサン。

「リーンちゃん助かるよ。ついでにそこのチンピラを連れて冒険にでも行って、魔物のエサにでもしてくれると助かるんだが。今なら、ちょうどいい塩加減になっているから魔物も喜んでくれるだろうよ」

「ごめんね。冒険に行きたいのは山々なんだけど、近くの古城に魔王軍の幹部が引っ越してきたらしくて、ギルドから注意喚起されていて冒険に出られないの」

「だから、数日前から街中で見かける冒険者が増えたのか。迷惑な話だ」

「駆け出し冒険者の街に幹部なんかが来るんじゃねえっての。空気読めよ、空気。そんなんだから、魔王軍なんて陰気臭ぇところで働いてんだろうけどよ。まあ幹部が攻めてきたところで、俺が何とかしてやるけどな。このダスト様がなっ！」

親指を自分に突き付け、ニヤリと笑ってみせる。

この街だったら冒険者の中でも上位に入っている自信はあるぜ。

「はっ、ゆすりたかりしか特技がないお前さんに、何ができるってんだ。単独で挑んで叩きのめされてこい」

　この野郎、鼻で笑いやがったな。俺の実力を分かってないよな、このオッサンは。

「よーし、じゃあ、その体で俺の実力を測ってもらおうじゃねえか。ほんのりうすしお味のパンチを思う存分味わいやがれ」

　俺が指をポキポキ鳴らし、オッサンに歩み寄ると……再び脳天に激痛が走る。

「ボコボコ気安くどつきやがって、バカになったらどうすんだ！」

「それ以上悪化するわけないでしょ。ほんと、いい加減にしなさいよ。また、捕まって牢屋に放り込まれるわよ。もう身元引受人にはならないからね。あんたのせいで、最近は顔パスで留置場まで行けるようになっちゃったよ」

「おいおい、その節はお世話になりました。また頼むぜ。……警察ねぇ。宿泊費もすっちまったからな。飯も出るし、牢屋で世話になるのもありか」

　牢屋は殺風景だが雨風も防げるし、三食昼寝つきだからな。

　手頃な店で無銭飲食でもして、店員に絡めばいつものように寝床を手に入れられるか。

「もう、お金貸さないわよ。ダストが妙なことをしたら、すぐさま警察呼んでいいから。むこうも慣れているから、何も言わないで連れて行ってくれるわ」

「警察が慣れているって……お前……」

　オッサンの視線が蔑んだものから憐れんだものにランクアップしたぞ。いや、下がったのか。

警察署の牢屋は俺の別荘みたいなものだからな。こいつらも、一回経験したらいいのに。意外と快適なんだぞ。

「ダストもバカなことやってないで、まともな仕事しなさいよ。冒険できなくても、雑用の仕事とかあるんだから。力はある方でしょ」

「今更荷運びや、雑用なんてやる気ねえよ。綺麗な姉ちゃんがきわどい格好で、ずっと隣で応援してくれるならやってもいいけどよ」

好きなことをやるために冒険者になったのに、そんな面倒なことやっていられるか。

俺は自由にやりたいことをやって生きる。そう、決めたんだ。

「はーっ……。ミツルギさんを少しは見習ってほしいわ」

「ミツルギ？　誰だそれ」

リーンの口から唐突に男の名前が出たことに、体が反応してしまった。

それもそいつを尊敬しているような口ぶりだが。

「最近、有名になってきた勇者候補の一人らしいわよ。すっごい魔剣を持った美形の剣士で、礼儀正しくて強くて、憧れている人いっぱいいるのよ。……そもそも、あんた覚えてないの？　前に酔っぱらって絡んで、ボッコボコにやられたじゃないの。ほら、上級職でソードマスターの」

「あの人はマナーもよくて、うちでもたまに買い物してくれる上客だよ……どこぞの誰かと違ってな」

あー、可愛い女二人を連れていたハーレム野郎か。ふざけた強さのチート野郎だったな。思い出したが、都合の悪いことは忘れる主義だ！

「けっ、覚えてねえよ！　そんな聖人君子みたいなヤツは、腹が真っ黒だったりするんだぜ。表面を取り繕う輩なんてろくなヤツがいねえ。おまけにイケメンは性格が悪いって相場が決まってんだよ」

「まるでそういう人を、見たことがあるような言いぐさだけど、モテない男のただの僻みでしょ。情けない」

「誰がモテないってんだよ。行きつけの飲み屋のねーちゃんは、金がある時はちやほやしてくれんだからな！」

「あんた、言ってて空しくなんないの？」

「なんねえな！　そんなやわなメンタルしてねえっての。結局、俺みたいな裏表のない人間が一番信用できるってもんだ」

「裏も表も最悪だったら意味ないでしょ」

「どっちも真っ黒じゃどうしようもねえだろうが」

くそ、俺を罵倒する時は、二人とも息がぴったりだ。

言い返したいところだが旗色が悪い。今日のところはおとなしく引き下がってやる。

「はっ、なんとでも言いやがれ。お前達と違って、俺はやることがあるんだよ」

捨て台詞を残して足早にその場を立ち去ることにした。

2

「ったく、酔いがさめちまいそうだぜ。リーンが相手だと、どうにも上手くいかねえな」

他のヤツらが相手なら、もっと強引に押し切ることもできるのだが、あの顔を前にするとどうしても……。

「あ――っ、ごちゃごちゃ考えるのは無しだ。さてと、どっかにいい女はいねえかな。金を有り余るほど持っていて、男に飢えた体を持て余していて、際限なく甘やかしてくれるような女なら最高なんだが」

大通りのど真ん中を肩で風を切るようにして歩いていると、進路方向に二人の女を発見した。槍を持った戦士風の美少女と、腰にダガーをぶら下げた盗賊っぽい美少女だ。

女二人だけか。ここはナンパしないと失礼だよな。

「今日こそは私が隣に座るんだからねっ」

「それを決めるのはあんたじゃないでしょ」

仲間同士だと思うが、それにしては仲が悪いようだ。

まあ、そんなことはどうでもいい。しかし、いいケツしてるな。露出度の高い格好で目の前でケツを振られたら……手が勝手に。

「きゃあああっ！　何すんのよっ！」

「こいつ、お尻触りやがったわよ！」

慌てて振り返った顔は、やっぱりいけてるじゃねえか。……あれ？　こいつらどっかで見たような。……思い出せないから、どうでもいいか。

「別に減るもんじゃねえんだし、いいじゃねえかよ」

「最低！　私のお尻を触っていいのはキョウヤだけなのよ！」

「そうよ、そうよ！　人生踏み外してそうな酔っ払いが触る権利なんてないんだから！」

……って、こいつ前にギルドで絡んできて、キョウヤにボッコボコにされた酔っ払いよ！」

あーっ、ミツルギの連れか！　あいつは近くに……いないな。なら、あの時のお礼を代わりにたっぷりしないとなぁ。

「おうおう、お高くとまりやがってよぉ！　酔った時の事なんて覚えてねえなぁ。触られた過去を持ち出すなんてよぉ……触るだけじゃなく揉んで欲しいってアピールか？　しゃーねえな、そこまで求められたら応えるのが男ってもんだ。ケツの形が戻らなくなるまで、揉みまくってやるぜ！　さあ、ケツを出しな！」

「寄るな、チンピラ！」

手をワキワキさせてにじり寄ると、女どもが怯えた顔で後退っていく。嫌がる女に迫るのは、軽く興奮する。悪党どもの気持ちが、ほんのちょっとだが分からんでもない。

「あいつ、ダストだぞ。チンピラ冒険者の」

「うわぁ、かわいそうに。あの子達チンピラにからまれて」

うっせえぞ、外野。こいつらの大声で人が集まってきている。

本気でそこまでする気はなかったが、こうなったら引くに引けない。もうちょっと、からかってやるか。

「ち、近寄るな変態！　キョウヤ！　キョウヤ——！」

「助けて、キョウヤ！」

「けっけっけっ、泣きわめいても助けなんて来ないぜっ！　せいぜい、いい悲鳴を聞かせてくれよっ！　うひひひ！」

あっ、なんか楽しくなってきた。

尻もちをついた状態で涙目の女に、あと一歩で手が届く場所まで近づく。

「待て、僕の連れに何をする気ですか！」

「キョウヤ！」

絶妙なタイミングで割り込んできたのは、イラつくほどのイケメンだった。茶色い髪をして、くっそ高そうな青く輝く鎧に、腰からぶら下げた黒鞘の剣。

相変わらず金持ってそうな格好しているな。鎧も相当なもんだが、あの剣はかなりの上物っぽい。剣についてリーンが何か言ってた気もするが、そんな細かいことといちいち覚えてられるかっての。

「君は何者です」

「はっ、王子様がやってきたってか。お前さんは人に名を訊く時は、まず自分からって常識を知らねえのか？　あとアクセルの街では名乗りと同時に、相手に金を渡すってのがマナーだぜ？」

「金を渡す？　海外でのチップ制のような独特なシステムなのか……。異世界なので一概にないとは言い切れないな」

おっ、適当に言ったことを真に受けて悩んでいるぞ。こいつクソ真面目な世間知らずか？

「キョウヤ、騙されないで！　そんなルール存在しないわ！　そもそも、そこのチンピラの言う事なんて耳を傾ける価値すらないわよ」

「それもそうだね。あー、悪党に名乗る名はない……と言いたいところですが、いいでしょう。僕は御剣響夜といいます。君の名は？」

こいつ律儀に仕切り直して名乗ったな。お利口さんなのか、ただのバカか。

俺に対して油断しているというより、自分の腕に自信があるからか対応に余裕が見える。

「その耳、かっぽじってよく聞きやがれ。俺の名はダスト。この街でちっとは名の知れた冒険者だ」

「間違っちゃいねえな、悪名だけど」

「まーた、あのチンピラ冒険者がバカやってんのか。誰か、警察か保護者のリーンちゃん呼んでこい！」

　野次馬がやかましい。俺が騒ぎを起こすと、ここの住民はすぐ集まってくる。

「おや、君は以前どこかで会ったような？」

「ほら、ギルドで絡んできた酔っ払いのチンピラよ！　あのにやけ面は忘れないわ。エロい顔しているから間違いない！　女にモテなそうな顔だったから覚えてるわ！」

「あの顔は脳内の大半がエロいことで埋まっているに違いないわ！　目とか口が犯罪者っぽいもの！　きっと覗きや痴漢の常習犯よ！　なんか臭そうだし！」

「顔は関係ねえだろ！　臭そうってなんだ、フローラルな香りしてるっての！　いい加減にしねえと、いくら俺でも泣くぞっ！」

　言いたい放題言いやがって、クソ女どもが。

「ああっ、思い出しました。また僕に叩きのめされたいのですか？」

　余裕の笑みを浮かべやがって、とことんムカつく野郎だ。

　くそっ、このイケメンがしゃしゃり出てきたせいで厄介なことになってきた。一度やり合ったから知っているが、こいつはかなりの実力者だ。高レベルらしく身体能力が異様に高いんだよ。

酔っぱらっている状態じゃ、ちょっと分が悪い。ここは、これ以上もめる前に戦略的撤退だ。決して勝てねえわけじゃねえぞ！

「けっ、急に腹が痛くなったから今日のところは見逃してやるぜ！　逃げるわけじゃねえからな、覚えておけよっ！」

俺は決め台詞を言い放ち、その場から立ち去った。逃げたわけじゃない。リーンにバレたら二度と金を貸してくれないのが困るだけだ！

3

あれから数日経過したが、どうにも納得がいかない。

最近、他の冒険者達や仲間にも甘く見られている節があるよな。ヤツらに俺の偉大さを見せつける時が来たか。冒険者稼業は、なめられたらお仕舞いだ。

前にボコられた恨みもあるからな。まずは、あのイケメンをなんとかするか。

これは俺の実力を世間に知らしめるためであって、個人的にイケメンが嫌いだということじゃない。あんないい女を二人連れていたことが、羨ましいわけでもないぞ。

あくまで冒険者の先輩として後輩の教育をするだけだ。

「とはいえ、どうすっかな」

あのイケメンを屈服させる筋書きが思い浮かばない。俺の偉大さを見せつけ、相手が泣きつくような展開が最高だが。

「おい」

「今の状態で、力で屈服させるのはちぃとばっか難しい」

「おい」

「やっぱ、頭だよな。知的な男ってのは魅力的に映るっていうからな」

「お――いっ！　人の店の前で売り物の椅子に座り込むな！　勝手に商品の本を読むな！」

「うっせえな。茶の一つぐらい出せよ。俺は客だぞ。なんなら酒でもいいぜ」

雑貨屋の前で人が考え込んでいるのに、大声で邪魔しやがって。客に対する態度としては最悪だ。接客業ってものが分かってない。

「ここは俺が一から接客の基礎を叩き込む必要があるようだな。まずは、酒とつまみと遊ぶ金を快く渡して」

「客ってのは金を払うもんだ。お前はただの邪魔者。ゴミだ、ダストだ」

「てめえ、俺が温厚な人柄だからって調子に乗っていると近所に悪評広めるぞ！　ここの店長は博打で首が回らなくなっているのに、昼間から酒を浴びるように飲んで女の尻を追いかけてるってな！」

「それはお前の日常だろ！　大体だな、ダストが温厚なら俺は神かなんかか？」

「けっ、言ってろ。俺は暇人のオッサンに構っている余裕はねえんだよ。キョウヤってイケメンにどちらが格上か、見せつける必要があるからな」

「きょうや？　ああ、ミツルギさんのことか。んなもん、どっちが格上かなんて比べるまでもねえよ。デュラハンとゾンビ、エリス教徒とアクシズ教徒を比べるぐらい失礼な話だろ」

どいつもこいつも、イケメンばっかりちやほやしやがって。人は中身だ、中身。

「そういや、ミツルギさんと言えば……新人の冒険者が使えない剣を売りに来たんだが、それがミツルギさんの持っていた剣に似ていたな。やたら重いだけで切れ味も悪いんで、装飾品かインテリアにでもなら使えるかと買い取ったんだが」

「斬れない剣ってお飾り以外の何物でもねえな」

「っと、どこにしまったか。おっ、あったあった、こいつだ」

店主も暇なのか。文句を言いながらも、こうやって話し相手になっている。

奥の方から引っ張り出してきた剣はかなり重いらしく、ズルズルと剣の先端で床を擦りながら持ってきた。

確かにミツルギの持っていた剣に似ている。そっくり、どころか……同じ物じゃないか？

　形もそうだが剣から漂う迫力が、装飾品としてあり得ないレベルだ。斬れないってことは、魔法で何か細工か条件があるのかもしれない。

　……あれ？　そういやリーンがミツルギは魔剣を持っているとか言ってなかったか。魔剣ってやつは種類によって……選ばれた者にしか使えない物がある、とか耳にしたことがあるような？

　ミツルギにしか使えない剣だとすれば、他のヤツらにとっては価値がない。そう、ミツルギ以外には……ってことは、我ながら素晴らしい案を思いついた。

「おい、オッサン。その剣、俺が買う」

「はぁ？　そりゃ、使えない剣だから買い取ってくれるのはありがたいが、金持ってないだろ。そんな金あるならまず、ツケを払いな」

「ちょっと待ってろ。前に愛用していた兜があるんだが、もう使わねえからそれを買い取ってくれ。結構価値のあるもんだからよ」

「価値ねぇ。前もそうやってゴミ捨て場から拾った物を、売りつけようとしなかったか？」

「今度のは本物だってえの。ちょっと待ってろ、取ってくるからよ」

　この街じゃ兜で顔を隠す必要もないからな。売っぱらっても、問題ないだろう。

　あの兜、通気性が悪くて蒸すんだよ。最近じゃ全く使ってないし。

4

「この兜、一見シンプルだが職人の業が光る……相当いい品だぞ。これなら今までのツケとこの剣の代金として十分だが。……盗品じゃねえよな？」

俺の持ってきた兜をまじまじと見つめ、鑑定結果が出たようだ。

いい値段がするようだ。これで思惑通りに事が運べる。

「盗みなんてやんねえよ！　交渉成立だ。これ貰ってくぜ」

「お、おう。まいど」

よっしゃ、これで買い取り成立だ。これさえあれば、面白いことになるぞ。

「ちょーっと、待ったぁー！」

誰だ、くそでかい声で叫んだのは。

俺が振り返ると、腰に手を当てて胸を張る女がいた。修道服を着ているから、プリーストっぽい。パッと見は美人なのだが、なぜだか分からないが食指が動かん。

目つきがヤバイんだよ。あの修道服は……アクシズ教徒か。

噂によるとアクシズ教団は魔王軍ですら敬遠しているとか。さすがにそれはないとは思うが、それぐらい有名な迷惑集団というのが周知の事実だ。

そんな輩が何の用だ。あまり関わりたくないのだけどな。

「なんなんだ、姉ちゃん。逆ナンなら後にしてくれよ。だが飯を奢ってくれるなら、ほいほいついていくぜ」

「アクシズ教の美人プリーストとして名高い私が、あなたみたいな金の匂いがしない男を逆ナンなんてしないわ。むしろ、あなたが奢りなさいよ。そうしたら、アクシズ教の教義を耳元で優しく語ってあげてもいいわよ」

「いらねえよ。耳が腐るっての」

「アクシズ教の素晴らしい教えを理解できないとは哀れな存在ね」

そういや教義をまともに聞いたことはないが、どうせ、ろくなもんじゃない。聞くだけ時間の無駄に決まっている。

「ダストだけでも厄介だってのに、アクシズ教の破戒僧まで来やがった。こりゃもう、今日は店じまいだな……」

オッサンが大きなため息を吐いて、肩を落としている。

俺はともかく、オッサンにここまで警戒されているってことは、この女相当のワルだぞ。

「無駄に話が脱線してしまいましたが、用があるのはそこの剣です。それは私が目を付けていた剣ではないですか！　それって、腕利きイケメン冒険者がもっていた魔剣ですよね。それが店にあるのを確認してから彼が買い取りに来るのではないかと、日夜ずっと見張っていたのですよ！」

「怖えよ、お前……」

唐突に現れて何を言っているんだ、このプリースト。

こいつが指しているのは俺が買い取った、ミツルギの剣だ。口ぶりからしてヤツと面識があるようだが。

「それってミツルギのことか？　だったら、どうするってんだ」

「私に譲りなさい、無料で。それはアクシズ教団が所有すべき物です。魔剣を手に入れたら、それをネタに脅し……説得して彼に養ってもらい、甘やかされながら食っちゃ寝の怠惰な日々を過ごすのです。今度こそ逃がしませんよ！」

熱い決意を語るのは勝手だが目が欲望で濁っている。ああいうヤツには、なりたくないものだな。

「なんか目的があるようだが、人が買った物をタダで寄こせだと？　厚かましい女だ」

「お前が言うな、お前が」

オッサンが何かぼやいているが、聞こえないな。

「無料とは言いましたが、もちろん代わりに差し上げる物があります。高価な品なので、こちらの受取書にサインをいただけますか」

「おっ、金になる物なら考えてもいいぜ」

魔剣の買値よりも相当に高額なら、譲ってやってもいい。

ペンと一緒に渡された紙は——アクシズ教の入信書。

「ふざけんなっ！　尻拭く紙にもなんねえよっ！」

「失敬な！　入信書は体に優しい素材で作られているわよっ！」

「そこじゃねえよ……」

疲れた表情のオッサンが、律儀にツッコミ入れているな。

今日だけで一気に老けたんじゃないか？

「どっちにしろ、この剣は渡せねえよ。どうしてもってんなら、金だ金。金を寄こしな」

「くっ、私が苦手とする金品の要求をしてくるとは！　なんて強欲な男なのでしょうか。明日の朝、異様に口臭がきつくなりますように、とアクア様に祈っておかないと」

地味にきついことを願うな！　しかし、本当にこいつプリーストか？　噂には聞いてたが、破天荒すぎるだろ。

「ちょっと待ってなさい。エリス教徒を騙して、お金をかき集めてくるから！」

「待っていてやるから、とっとと金持ってきな」

そう言ってアクシズ教のプリーストが走り去っていった。

面倒な女がどっかに行ってくれたことだし、確認しとくか。

買い取った剣を手にしてみたが……重い。これを自在に振り回すことは無理だ。

やっぱ、魔剣で間違いないのか。ということは、ミツルギはなんとしても取り返そうとするだろう。だ、と、し、た、ら、大金を吹っかけても気持ちよく支払ってくれるよな。

「くっくっく、いいじゃねえか。こりゃ、楽して儲けられそうだ。じゃあな、オッサン。もうここに用はねえぜ」

「その邪悪な笑い顔やめろ。おい、ダスト。金を持ってくるのを待つんじゃなかったのか？」

「待つわけねえだろ。追い払うための口実だっての」

「お前なぁ……」

歩き去る背後から店主の呆れた声が聞こえた気がしたが、無視だ。

念のためにこれは隠しておくとして、準備が整ったらミツルギと接触してみるか。

いくら引っ張り出せるか、腕の見せどころだ。

5

魔剣を俺が密かに借りている倉庫に隠して、あいつを探そうと街中をぶらついていると、散歩をしていたリーンに見つかってしまった。

「あれ、ダスト。仕事はあったの？」

「仕事は見つかってねえが、大金が入る予定だぜ」

「あんた、変なことやってないでしょうね？　もう警察に引き取りに行くのイヤだよ。最近じゃ顔覚えられて、新人の警察官なんて『いつもご苦労様です！』って敬礼してくるんだから。ほんと、恥ずかしいんだからね！」

「そりゃ、いつもご苦労様です。安心しな、犯罪行為じゃねえよ。むしろ慈善事業だ」

胸を張ってそう答えると、リーンがジト目でじっと見てくる。

あれは、これっぽっちも信じてないな。

「マジだってえの。探し物をしているヤツのお手伝いだ。相手は喜ぶ、俺は駄賃を貰える。持ちつ持たれつの素晴らしい関係だとは思わないかね」

「胡散臭い。心底、胡散臭い。絶対ろくなことじゃないでしょ……。分かったわ、私も同行する。問題が何もないんだから構わないわよね？」

げっ、妙な展開になってきた。

ここはなんとか誤魔化したいところだが、リーンには俺の嘘が何故か通用しないんだよ。適当に言っても絶対に信じないぞ。

「おう、別にいいぜ。後ろめたいことはねえからな」

冷静になって考えてみたが、法に触れる行為でもなく、まっとうな取り引きだから別に構わないよな。リーンに咎められることはない。

リーンと連れ立ってヤツを探して彷徨っていると、慌ただしく駆け回っているヤツがいた。あれは……ミツルギか。

「ミツルギさんよね。すっごく慌てているみたいだけど、どうしたのかな？」

いいね、最高のタイミングだ。忙しいようだが気軽に声かけてやろう。

「おーい、そんなに慌ててどうしたんだ？」

「はぁはぁ、君は……あの時の……はぁはぁ、何か用ですか。僕は忙しいのですがっ！」

汗だくで走り回っているミツルギは、かなりご機嫌斜めのようだ。

この慌てよう……大当たりか。

「街中でそんなに興奮してどうした。美人の姉ちゃんでも見つけたか？　おやおやー、いつもの剣はどうしたのかなー。もしかしてー、魔剣をお探しじゃないのかね？」

「な、なんで知っているのですかっ⁉」

ビンゴ。こいつは顔と態度に出しすぎだ。そんなに分かりやすいと、悪党に足元を見られるぜ。

「さーてな。で、魔剣は見つかったのか？」

「見つかっていません！　あなた分かって話しかけていますよね」

「まあな。んでよ、もしもー、俺がその魔剣を持っているとしたらどうする？」

「えっ？」

「なっ！　何故、君がっ？」

　リーンが口元を押さえて驚いているが、ミツルギはその比じゃなかった。目をむいて髪を振り乱し、俺に詰め寄ってくる。かなり大事なものらしい。嘘のつけないタイプのようだが、そんな性格でよく世の中を渡ってこられたな。

　意外と取り巻きの女達がしっかりしているのか。気が強かったし。

「ミツルギさん。ちょっと待ってね。コレと話があるから。ダスト、こっち来て！　早く、こっち！」

「おいおい、今から大事な交渉だってのになんなんだ」

　ミツルギに背を向けて手招きするリーンの傍に歩み寄ると、首に腕を回され小声で話しかけてきた。

「どういうことよ、説明して」

「雑貨屋で魔剣を見つけた親切な俺は、他のヤツに買われる前に先に購入しておいてやったってわけよ。優しいだろ？」

「それだけなら、確かに悪いことじゃないけど……。それだけじゃないわよね、絶対に。……ダスト、一緒に謝ってあげるから雑貨屋に行こう。今なら許してくれる可能性もワンチャンあるわよ」

「盗んでねえよ！　ちゃんと金払って買ったんだってての。なんで、どいつもこいつも盗品を疑いやがるんだ」

「日頃の行い以外の何があるのよ」

俺を睨みながらリーンがぶつぶつ言っているが、ここはスルーだ。こっちは交渉で忙しいからな。

「おう、待たせてすまねえな。剣を雑貨屋でたまたま見かけてな、気に入ったから購入したんだが……無駄金だったなぁ。重くて邪魔だから、溶かして新しい剣に作り替えてもらおうかと思ってよ」

「ちょ、ちょっと待ってください！　お金が必要なら払います！」

よっし、釣れた！　この調子なら強気で吹っかけても出しそうだ。さーて、いくら要求してみるか。兜と引き換えにした剣だが、雑貨屋での値段は十万エリスだったか。

こういった交渉は初っ端に馬鹿げた金額を提示して、そこから妥協点を探るのが基本だ。ってことで、まずは。

「そうだな。いい値段したからなぁー。最低でもこれぐらいは欲しいところだ」

指を五本立てて、五百万エリスを要求してみる。

「五百万ですかっ⁉」

「ちょっ、高すぎるでしょ！」

安価で手に入れた魔剣にしては法外な値段だ。ここから、徐々に値を下げて、最終的には百万エリス弱ぐらいか……。

「分かりました！　お支払いしましょう！」

「とはいえ、俺も鬼じゃ……はあああっ⁉　えっ、払うのか？」

「ちょっと、ちょっと！　ダメよ、アレの口車に乗ったら！　言っていることの大半が嘘と暴言でできているような男よ。今から一撃食らわせて本当の事を話させるから」

「お前は、どっちの味方なんだよ！」

杖を振り上げて魔法を放とうとするリーンに怒鳴りつける。

仲間の商売の邪魔するなよ。この大金が手に入れば、借金も返せるんだぞ。

「いいんですよ。払えない金額ではありませんので」

「ほら、向こうもこう言ってんだろ。だから、杖を下ろせ！　魔法の詠唱やめろ！」

「一度、燃やしておいた方が世のためなのに……」

こいつマジでぶっ放してくるからな。前も喧嘩した時に、容赦なく撃ち込んできた。

「交渉成立だな。あー、少しぐらいなら値下げも受け付けるぞ？　おまけに俺が使い古した財布つけてやろうか。中身は空っぽだけどよ」

「い、いいえ、結構です。あの方からいただいた魔剣です。値をつけること自体失礼なことですが、それぐらいの価値は当然……むしろ、安いぐらいですよ」

驚くほど、あっさり交渉成立したな。

「ならいいんだけどよ……あーっと、すまんが直ぐに支払われるとは思っていなかったからよ。街の外に隠してあってな。これが鍵で場所はここに描いてあるが」

俺が隠し場所の地図と鍵を取り出すと、引っ手繰るようにして奪い取られた。

「お、おい、金は！」

「失礼しました。ええと、これでいけますか？」

こいつ背負い袋からあっさり金の入った袋を出した。こんな大金をいつも持ち歩いているのか？

中身を確認してみると、五百万以上はあるな。

「うわっ、すごっ。簡単にこれだけのお金出せるなんて、どんだけ金持ちなのよ。イケメンで金持ち……。世の中って不公平よね」

俺とミツルギを見比べて、しみじみぼやくな。

「余計なお世話かもしんねえが、あんた魔剣を確認しないで金を渡していいのか？」

「心配してくれているのですか。大丈夫ですよ。もし嘘だった場合、どんなことをしても取り返してみせますから。魔剣グラムは大切な、大切な、女神さまとの繋がりですので」

女神？　それぐらい大切な人からの贈り物なのかもな。五百万を惜しげもなくパッと払うぐらいだから。

いやー、まさかこんなにも簡単に大金をせしめられるとは。これも日頃の行いの良さかね。

「では、僕は急ぎますので！」

こっちの返事も待たずに全力で走り去っていった。

馬鹿げた身体能力してるな。ケンカ吹っかけないで正解だったぜ。

「どうよ。平和的に金を稼いだろ？」

自慢げにリーンに話しかけると、ムスッとした顔で俺を見つめている。

「おいおい、仲間が金儲けしたんだ喜ぶ場面だろうが。借りていた金も返すぞ？」

「いらない。犯罪に巻き込まれたくないし。絶対ろくなことにならないわよ」

「俺の商才にひがむなひがむな。マジでいいんだな。今なら借りた金に利子つけて返してやんのによ」

「はいはい。二日経って、まだ警察のお世話になってなかったら受け取るわ」

俺に背を向けて手を振りながら歩き去っていくリーン。

最後まで信じなかったな、アイツ。ったく、仲間を信用しないなんて、人としてどうなんだ。後悔しても知らねえぞ。

6

さーてと、あぶく銭が手に入ったのはいいが、この金を元手に何をするか。

賭けで倍に増やすか？　あそこは、まだ出禁だから無理だな。となると、何か商売でもするのもありか。

「いた――っ！　やっと見つけたわよ！　待っててって言ったわよね。魔剣はどうしたの？」

見つかったか。アクシズ教のプリーストが息を切らせて走り寄ってきた。

このまま一生無縁でいたかったが、アクセルの街にいる限り出会うよな、やっぱり。

「ミツルギに売った」

「売ったあぁ!?」

反応が大袈裟だろ。元々ミツルギのものだったのだから、当然の結果だ。

「お前さんも、あいつに返すつもりだったんだろ？　だったら、いいじゃねえか」

「私から返さないと恩が売れないじゃないの。久しぶりに、ところてんスライム以外の硬いものが食べられそうだったのに」

貧乏でも、もうちょいマシなもの食えよ。

なんでよりにもよって、ところてんスライムなんだ。

「ところで、もう遅いが買い取れるだけの金集まったのか？」

「えっ、ないわよ？」

……金がないなら、何しに来たんだよ。

肩をすくめて小馬鹿にした顔でこっちを見ているのに、イラっとする。

「お金はないけど、特別に私とデートする権利と交換してあげようかと思って」

「いらねえよっ！」

「アクシズ教の美人プリーストとして名高い私が」

「それはもう聞いたっての」

これ以上、こいつに関わるのは時間の無駄だ。どうにか撒けないか。

んー、あいつに執着していたから、押し付けるのが手っ取り早いな。

「そういや、魔剣を手に入れたらプリーストを探しに行くとか言ってたな。前に話したとのある、アクシズ教の美人プリーストに会いに行くとかどうとか」

「それを早く言いなさいよ！　こんな金にがめつくてエロそうな男を相手にしている場合じゃないわ！　早く戻って婚姻届を用意しておかないと！」

猛スピードで走り去るプリーストの背に手を振っておく。

扱いやすい女で助かった。嘘だがバレたところで困るのはあいつだから、何の問題もない。……ミツルギの連れも言っていたが、俺ってそんなにエロそうな顔しているのか？

「あ、あんな女達の言う事なんて気にすることねえよな！　これにて一件落着っと。やっと落ち着けるぜ。金はたんまりあることだし……金儲けは後にして、まずは酒だ」

門付近に旨い酒を飲ます店があったはずだが。

アクセルの街は巨大な城壁で取り囲まれているから、門付近は人の出入りが激しく店が集中している。

あんまり、ここら辺をぶらついたことはなかったが、飲食店以外にも結構色んな店があるようだ。

「新鮮なキャベツとレタスが安いよ！　今ならレタスが大安売りだっ！」

野菜も売っているのか。このキャベツは前に大量に収穫されたものだよな。

そういや、キャベツと間違えて大量にレタスばかりを捕まえた間抜けがいたらしいが、それでこれだけ安いのか。

「これで儲けるってのは……ありか？」

キャベツを買い占めて、高値で売りつけるのはどうだ。あー、日持ちしないか。

それに大豊作だったからな、値段も知れている。もっと少なくて、高価な野菜でもあれば話は別だが。そんなことを考えていたら、檻の中で飛び跳ねている、赤いそいつの値札が目に飛び込んできた。

「って、おいオヤジ。何でこれだけ、べらぼうに高いんだ？」

「へいらっしゃい。トマトをお求めで？　今年は壊滅的な不作でして、うちが直接契約している農家は運よく無事だったのですよ。いやー、ついてました。トマトは人気商品ですからね。ここに並べてるのは、ほんの一部ですが」

「ってことは、もっとあるのか？」

「へえ、そこの倉庫にありますが」

トマトは食堂でも頻繁に使われているよな。最近、サラダに入ってないとは思っていたが、そういう理由かよ。

不作ということは何処もトマト不足ということだ。なら、王都で売り捌いたら金儲けできるよな。あっちはアクセルよりも物価が高い。転売するだけで、ぼろ儲けじゃないか。王都までならテレポートで行き来できるヤツが知り合いにいるから、そいつに頼んで運ばせたら運送費も節約できる。

「オヤジ、倉庫のも含めたトマト全部買い取らせてもらえねえか？」

「維持費もかかりますからね、購入してくれるなら、ありがたい話ですが。……全部って、相当な数ですよ。少なく見積もっても、五百はもらわないと。払えませんよね？」

こいつ俺を見て貧乏人だと判断したな。

五百万なら……払える。手持ちの金は無くなってしまうが、後で数倍になって帰ってくる。天は俺に味方してくれているぞ。やっぱり、日頃の行いの良さか。

「おう、これでいいか」

さっき手に入れたばかりの五百万エリスの入った袋を突き付ける。

訝しげにこっちを見ていたオヤジが中身を確認すると、途端に媚びた笑みを浮かべ手を揉んでいる。……その分かりやすい性格は嫌いじゃない。

「まいどありー。金さえ払ってもらえるなら、出どころは気にしません。ええ、何もおっしゃらなくて結構です。お金はお金ですから。荷車はサービスでお貸ししますので、後で返してくださいねー」

何かを勘違いしている店主の上機嫌な声に送り出され、トマトを載せた荷車を引っ張っていく。あとはテレポートが使えるヤツに声かけて、あ、リーンはどうだったか？　もし、使えるならもっと金を抑えられるな。

『緊急！　緊急！　全冒険者の皆さんは、直ちに武装し、戦闘態勢で街の正門に集まってくださいっ！』

緊急のアナウンスが辺りに響く。うるさいな。

この声は冒険者ギルドの受け付けをやっているルナか。かなり焦っているみたいだが、何があったんだ。戦闘態勢ってことは魔物絡みだとは思うが。

『緊急！　緊急！　全冒険者の皆さんは、直ちに武装し、戦闘態勢で街の正門に集まってください！……特に、冒険者サトウカズマさんとその一行は、大至急でお願いします！』

「サトウカズマ？　誰だそれ。聞いたこともねえな」

緊急招集なら参加しねえと、後で問題になってしまうな。そうなると、このトマトどうしたらいいんだ。

倉庫に運ぶ時間はねえし、門の近くに置いておくか。五百万エリスもしたこれを放置はヤバイ。悪党が盗みかねない、マジでどうするか。

これといっていい方法が思い浮かばず、逃げ惑う住民とすれ違いながら門付近まで荷車を引っ張っていく。

緊急事態なので住民は門付近から離れて街の奥に避難している。あっという間に人が消えたな。

門の近くの壁際で、住民と入れ違いに冒険者達が次々と門から飛び出していくのを眺め、頭を悩ませていた。

「あんた何してんの？　ギルドの緊急招集が聞こえなかった？　……ねえ、なんでトマトを積んだ荷車引いているの？　今度はどんなろくでもないことをするつもりなの？」

ちょうど門に向かっている最中のリーンと遭遇した。

仲間のキースとテイラーもいるが、俺をちらっと見ただけでそのまま走り去っていく。

「何もしねえよ。ちょっと買い物の途中でな。あの放送はなんなんだ？」

「よく分かんないんだけど、かなり焦ってたよルナさん。あんたも変なことしてないで、さっさと来なさいよ。あと、それだけトマトあるなら、後で一つちょうだい。あたしが野菜好きなの知ってるでしょ」

それだけ言うと、リーンも門の向こうへと消えていった。

街の危機と五百万エリス……どちらを選ぶかなんて考えるまでも……うーん、でも、五百万だぞ。前に幹部を撃退した連中もいるらしいから、俺が行かなくてもいいよな？

「でもなぁ、リーン達を見捨てるわけにもいかねえ。いっそのこと、荷車を持ってくか？」

悪くないかもしれない。ここでパクられる心配をするより、持って行った方が安心できるよな。よっし、決めた。このまま行ってしまえ。

荷車を引きながら門を抜けると、目の前にはズラリと並んだ冒険者達の背が見える。

何人かが俺を見てぎょっとした顔をしているが、そんな余裕があるのかね。

人が邪魔でどうなっているのか分からないな。なんで、魔法使い達はクリエイト・ウォーターなんて初級魔法やっているんだ？

魔法使い達から少し離れて突っ立っているのはキースか。

「おい、キースどうなってんだ？」

「ダスト、ようやく来やがったか！　……なあ、何で荷車引いてんだ？　そんなんじゃ戦えねえだろ」

「ふっ、戦える戦えないは関係ない。これで戦うんだよ」

「そんな姿でカッコつけても、間抜けなだけだぞ。って、それどころじゃねえんだよ！　冒険者が何人かやられちまったんだ！　水が弱点だって分かったのはいいんだが、決定打がなくてジリ貧なんだって！」

倒されたヤツがいるのか！

こうしちゃいられない。これ以上は犠牲者を出すわけにはいかないぞ。マジで行くぜ！

「どけどけ！　このダスト様が叩きのめしてやんよ！」

「おい、バカ！　せめて荷車置いてけよ！」

俺が全力で突っ込むと他の冒険者達が振り返り、必死の形相で俺の下へと走ってきている。こういう場面で頼られちまう自分に惚れてしまいそうだ。

「てめえらは、後ろで控えてな！　俺が叩きのめしてやるからよ！」

「バカ野郎！　とっとと逃げろ！　津波が押し寄せてくるぞっ！」

「退避しろおおおっ！　水に呑み込まれる！」

はあ？　周りに海があるわけでもねえのに津波なんて来るわけないだろ。どうかしてい る……。

「あん？　何だこの地鳴りみてえな音は……だんだん音がこっちに近づいて」

バカなことを叫ぶ冒険者に呆れながら、視線を逃げ惑う連中の後方へと移すと――そこには巨大な水の壁があった。
視界一面を埋め尽くす青。
マジで津波じゃねえか！　海もねえのに⁉

「くそっ、うおおおおおっ！」

俺は荷車を懸命に引き全力で街中へ向かい走るが、押し寄せる音が徐々に近づいてくる。
くそおおっ、どうなってんだ‼　わけが分かんねえぞっ！

「マジかあああああああああああっ⁉」

背中に衝撃を受けると同時に視界が水で埋まり、濁流に呑み込まれ前後左右も分からず、水に弄ばれながら流されていく。

「ごぼがああああぐごおおお！」

離さねえぞ！　このトマトの檻だけは離さねえぞおおおおっ！

7

「がはっ、はぁはぁ、ふうううううぅ。な、なんとか生き延びたか」

街中で溺れ死ぬという意味不明な死因からは免れたか。びっしょびしょだが、命あっての物種。助かったのなら文句はない。

「しっかし、なんで津波が襲ってきたんだ？　危うく溺れちまうところだったぜ。あとでこれをやったヤツに慰謝料請求しねえとな。っと、それどころじゃねえ！　トマト、トマトはどうなった⁉」

辺りを見回すと、そこには砕け散った荷車と檻があり、その中身は——どこにもなかった。

檻に僅かにこびりついている赤い汁と欠片がトマトの……名残……なのか。

「おい……嘘だろ。冗談、だ、よ、な……。うおおおおいっ！　五百万、俺の五百万エリス！　ごおおおひゃあああくううううまあああああんんっ‼」

「おいおい、街中で迷惑なヤツだな。げっ、ダストじゃねえか」

絶望の淵にいる俺に声をかけたのは、雑貨屋のオッサンだった。

こういう時は美人の慰めがあるべきだろ。よりにもよってオッサンかよ。

「は————っ」

「でっかいため息だな。街中が水浸しで壁は壊れてるしよ、何があったんだ？」

「津波だ、津波。んでもって、俺の全財産が流されちまったよ……。トマトォォォッ、トメイトォォォッ！」

「しがみつくなっ！　意味不明なこと叫びながら泣くふりをして、俺のズボンで体を拭くなっ！　トマトなら、そこの木片の隙間にいるじゃねえか」

オッサンが指差す方へ視線を向けると、木片と木片が重なり合う隙間に、トマトが奇跡的に無傷で一つだけ存在していた。

「おおおおおっ、トマトおおおおおっ！」

速攻で拾い上げると、トマトを優しく両手で包むように掴み、天高く掲げる。

「泣くことはねえだろ。そういやトマトが不作らしいな。唯一トマトを扱っていた店でも売り切れたそうだぜ。たった一個とはいえ、いい値段で売れるんじゃねえか。なんなら、俺が買い取ってやろうか？」

そうか、このトマトは下手したらこの街でたった一つのトマトかもしれないのか。

だとしたら、少しは回収できるか？

僅かな望みを生き残りのトマトに託すしかない。


「なんで、ダストは死んでいるんだ？」

いつもの席で飯を食う仲間の声がする。今のはテイラーか。

俺は机に突っ伏しているから、仲間の姿は見えない。

「さあ？　ずっとこんな感じよ」

「あれだろ。幹部討伐に遅れて報奨金もらえなかったからだろ」

　そんなことはどうでもいいんだよ。あれからそこら中を探して、見つけたトマトはあの時の一つのみ。腰にぶら下げた袋の中にある分だけだ。

　オッサンの言うことを信じるなら、レア価値があるこの一個だけでもどこかで売るとするか。上手くいけば次の儲け話に繋がるかもしれない。

「あー、またサラダにトマトがない。もう、二か月近くトマト食べてない気がするよ。はぁ、トマト食べたかったなぁ」

　リーンは俺がトマトで大損をしたことを知らない。だから、俺にくれと遠回しにアピールしているのだろう。

　これは少しでも失った金を回収するために必要なトマトだ。気軽にくれてやれるようなものじゃない。

　だが、じっとこっちを見つめるリーンを見て——大きく息を吐いた。

「はぁ、リーン。トマトやるよ」

「えっ、いいの？　ありがとう、いいとこあるじゃないの」

　受け取ったトマトを綺麗な布で拭いてから、嬉しそうにかぶりつくリーンの横顔をぼーっと眺めている。

　五百万の笑顔か。まあ、悪くないかもな。

あの勇者の奮闘記

1

「前の冒険は凄かったよね。まさか、カズマがあんなに優秀だったなんて」

ギルドのいつもの席で仲間達と酒を酌み交わしているんだが、さっきから同じ内容の話ばっかだ。

リーンが目を輝かせてカズマを絶賛するのには、ちょっとだけだがイラっとする。

「マジでヤバかったよな、あのカズマの機転！　今思い出しても興奮するぜ！」

「冒険者だと下に見ていたが、スキルの万能ぶりも見事だった。敵感知、潜伏に加え、初級魔法があんなにも有用だったとは」

仲間のキースもテイラーもべた褒めじゃないか。

カズマが苦労してきたのは認める。あの見た目だけがいい三人がどんだけヤバいか、身をもって知ったからな。

あいつらを制御しているのはカズマだ。それは間違いない。

だが、俺を放ってカズマの話で盛り上がるのは面白くないよな、やっぱ。

「初級魔法ってあんな使い道があるのかって感心したもの。カズマを見習って私も覚えようかと思ったわ。なんでも使いようよね。ちょっと腕に覚えがあっても、問題行動ばかり起こすヤツより、カズマみたいなのを仲間にしたいかな」

リーンは魔法使いとしてカズマの機転に感心しているのか。中級魔法が使えるのに初級魔法の価値ねえ。

「カズマがいてくれると楽になるよなぁ。魔王軍の幹部との戦いにも最後の最後でやってきた誰かと違ってよ」

弓の弦をいじりながら意味深な視線を飛ばしてくるキース。

あの時はそれどころじゃなかったんだよ。

「もう一度、交換を頼んでもいいんだぞ？」

テイラーまで俺をいらない子扱いするのか。

「お、お前ら何が言いたいんだ……。蔑んだような目で見るんじゃねえよ。お、おい。冗談じゃなくて、結構マジで言ってねえか？　俺だってやる時はやるだろうがよ！　そういう機会がなかっただけだ！」

「機会って……そういや、あんたさぁ。前のデュラハンとの戦いの時に何で来なかったのよ？　あの後、えらく落ち込んでいたみたいだけど」

「それは、思い出させねえでくれ……。マジでへこんでるから」

五百万が一瞬にしてパーになった。あの後、八百屋のオヤジに返金を要求しただけで、警察呼ばれ、壊れた荷車の代金を追加で請求……。くそっ、思い出しただけで腹が立つ！

「そんなことより、次の依頼はいつにする？　金がねえから今日でも構わねえぞ」

「あー、私は暫くパス。少なくとも冬の間はいいわ」

「そうだな。冬場は凶悪なモンスターしか活動していない。魔王の幹部討伐の報奨金がまだあるから、何もせずとも冬は越せるだろう」

「だな。懐あったけえから、あそこにも毎日通えるしよ」

「おい、バカ！」

「あそこ？」

キースが口を滑らしたせいで、リーンが半眼でこっちを見ている。

あそことは最近知った、女には絶対に知られるわけにはいかない秘密の場所だ。テイラーはクルセイダーだけあって堅物なところがあるから、黙っているけどな。

俺はあそこに通うためにも金を集める義務があるんだ。

「そんなことよりよ！　誰も依頼を受ける気はねえのか？」

「「「ない」」」

くそっ、断言しやがった。

他のヤツらと組むにしても、ここの冒険者は全員が報奨金を得ているからな。俺みたいに貧困で喘いでいるのは……。

「おっ、カズマじゃないか。今から仕事か？」

テイラーの声に反応して顔を向けると、そこにはカズマ一行がいた。

三人の美女を引き連れているさまは、今までなら嫉妬していたところだが、アレを経験すると同情の方が勝るな。

「あー、どこぞのプリーストのおかげで、借金まみれだからな」

「私が悪いって言うの！　私のおかげで倒せたのよ、もっと感謝して褒めたたえて！　お布施代わりにシュワシュワとから揚げ捧げなさいよ！」

「うっせえ！　誰のせいでこんなに苦労していると思ってんだっ！」

「カズマもそれぐらいにしてやってくれ。苛立ちが抑えられないのであれば、私を思う存分罵倒していいぞ」

「ご褒美をやる気はねえっ！」

「まあまあ、私は爆裂魔法が撃てればいいので、冒険は大歓迎ですよ」

「頼むから、他の魔法も覚えてくれよ……」

「お断りします」

苦労してるな……。俺と同じく金で困っている連中といえばカズマ達ぐらいなんだが、一緒に冒険する余裕はないか。

それにカズマに頼って稼いでも、仲間内での評価は上がらん。

「それじゃあな」

カズマを引き留めることなく、立ち去る後ろ姿を目だけで追った。

さーて、どうすっか。仲間はアテにならないし、他の冒険者も誘うだけ無駄か。となると、一人でこなせる依頼を探すしか。

「あー、一人で仕事探すかー。たった一人で仕事やるしかねーのかよ。心優しい仲間が手助けしてくれてもいいんだけどなー」

立ち上がって体を伸ばす振りをしながら仲間に目を向けると、一斉に視線を逸らしやがった。

「じゃあ、俺達は宿に引っ込むか」

「バカなことやらないで、真面目に稼ぎなさいよ」

「悪いな。一人で楽しませてもらうぜ」

誰一人として金を貸そうと言い出すヤツもなく、俺を置いていった。なんて冷たい連中だ。大金持ちになっても絶対に奢ってやらん。

「はぁ、依頼でも確認すっか」

食っちゃ寝するだけで金が入る仕事があれば最高なんだが。

掲示板に貼られた依頼を見ていくが、冬場はえぐい内容の依頼だけかよ。

一撃熊の群れを討伐やら、無茶な内容ばっかりだな。一人じゃ自殺しに行くようなものだ。

「依頼料が高いのでいいのはねえか……ん？　これはオーク討伐か」

オークと言えば、顔が豚の種族。オスが絶滅した種族でメスしかいないんだったよな。性欲旺盛で他種族の男を捕まえては、干乾びるまでやりまくって子供を作るっていう最悪なヤツらだ。

これが美人の種族なら金を払いたいぐらいだが、豚だからな。

普通なら近寄りたくもない相手だが、異様に報酬がいいぞ。他の依頼は物理的に討伐が不可能な状態だ。話だけでも聞いてみるか。

依頼書を剝がし、胸がやたらとデカい受け付けの下まで持っていく。

「ルナ、この依頼なんだがよ。詳しく教えてくれねえか。あと落ち込むことがあったから、乳揉ませてくれねえか？」

「あら、ダストさん。いつも冬場は仕事されないのに珍しいですね。警察に突き出しますよ？」

厄介な冒険者達を毎日相手にしているだけあって、笑顔でさらっと容赦のない受け答えするのが大したもんだ。

「軽いジョークじゃねえか。ちょっと物入りでな。渋々だが働かねえといけねえんだよ」

「幹部討伐に遅れて参加されたので、報酬が出ていませんからね。ええと、この依頼はオーク討伐ですね。近隣の村の近くでオークの目撃談がありまして、その村の人々からの討伐依頼です。村人の男性達が怯えて外出もしなくなり、働き手がいなくて困り果てているそうです」

オークのメスに捕まったら死ぬまで搾り取られるらしいからな。男の冒険者はオークの群れに遭遇したら逃げるのが鉄則だ。

あいつら優秀な遺伝子を取り込んで繁殖するから、強さが半端ないんだよ。

それに捕まったら男として終わるという恐怖があって、どうにも動きが鈍ってしまう。

「何体ぐらいいるんだ？」

「目撃談によると、十体前後らしいです」
一、二体ならまだしも、十はきついな。一人でやるのはどう足掻いても無理か。それに失敗した時のリスクが大きすぎる。
「こりゃ、やめた方がいいか」

「でも、もったいないですよね。この村は美人の湯と呼ばれている秘湯がありまして、村人はそのおかげなのか美人揃いなのですよ。私も一度、その温泉を利用したいと思っているのですが仕事が忙しくて。この状況では温泉どころではありませんし……。そういえば、追加報酬というわけではないのですが、依頼を引き受けた冒険者に向けての伝言がありました。早めに解決していただけたら、村人総出で歓迎の宴会を開いてくださるそうですよ？」

「その話を詳しく」

依頼内容を聞いて考え込んでいると、くいくいっと服の袖を引っ張られた。

「あーっ、誰だ？」

視線を向けると、小さな女の子が袖を摑んだまま俺をじっと見上げている。

「とうとうお金に困って誘拐を……。冒険者に賞金を懸けるのは心が痛みますが、ギルドとしては厳正な処分を」

「なんでだよっ！　知らねえってのこんなチビガキ！　おい、手を放しやがれ」

「モテなそうな、おじちゃん。チビガキじゃないよ、お嬢ちゃんだよ。さっきオーク退治って言ってた？　それってうちの村の？」

なんだこのガキ。あの依頼をした村の出身者か？

親と一緒に依頼に来たところなのかもしれないな。

「あらっ、よく見たらその子、依頼者の娘さんでは」

ルナには見覚えがあるようだ。

予想が的中か。俺の勘も捨てたもんじゃない。

「おじちゃんじゃねえよ、イケメンのお兄ちゃんだろ。オークが村の近くに来て困っているならそうだぜ。お前、その村のガキか？」

「そうだよ、おじちゃん。ガキじゃないよ、お嬢ちゃんだよ」

「お、おう、ガキの癖にしつけえな。でよ、それがどうした？」

「あのね、オークにお父ちゃんが襲われて、何とか逃げたんだけど、それから部屋から出てこないの。俺はノーマルだ、やめろっ！　って、ずっと言ってるの」

そ、そうか。怖い目に遭ったんだな。男として同情するぞ、お前の父ちゃんに。

逃げられたのは幸運だったが、アレに迫られる恐怖は半端ないと聞いたことがある。

「母ちゃんは毎日、男の癖にしっかりしなさいよ！　そんなんだから稼ぎが悪いのよっ！最近酒場の店員をナンパしていたのって本当！　って励ましているのに出てこないの」

「マジで同情するぜ、お前の父ちゃんによ……。でよ、それがどうしたんだ？」

「おじちゃん、オーク退治してくれるの？　だったら、お父ちゃんが逃げる時に私の誕生日プレゼント落としてきたから見つけてね」

「おいおい、俺をなんだと思ってんだ。俺は冒険者でオークを倒すのが仕事だぜ」

「じゃあ、モテなそうなお兄ちゃんヨロシクねー」

人の話も聞かずにチビガキが、母親らしい女のところへ走っていった。

子供は自己中で人の話聞かないんだよな。……あんなチビガキのことはどうでもいいか。

2

依頼を受けることにして、今後の事を思案しながら落ち着ける場所へ移動した。

ルナに上手く乗せられた気もするが、どっちにしろ依頼は受けないとな。それに、金がないとサキュバスの店を利用できない！

キースが口にしていたあそことはサキュバスの店のことだ。アクセルの街はサキュバス達と共存共栄の関係にある。男冒険者のエロい欲望を満たす淫夢をサキュバスが与え、その代わりに僅かばかりの精気と金を提供する。

こっちはスッキリできて、サキュバス達は精気を得られる。お互い助かるってわけだ。

上手くできているよな。とはいえ、悪魔であるサキュバスを利用していると知られると、色々と面倒なことになるので男冒険者のみの秘密となっている。

実際に行為をするわけじゃなく、あくまで夢なのでどんなエロいシチュエーションでも叶えてくれる最高の店だ。知ってからは毎日のように通っているが、その金すら今はない。

「オークのメスか。戦いたくはねえが、背に腹は代えられん。どうにかして、楽に倒す方法はねえのか……」

「ったく、真面目に考え事してんだから、気を利かせて酒を用意するとかできねえのかよ」

「ふざけるなよ。なんで、毎回うちの前に居座るんだ。ここはてめえの家じゃねえんだぞ。あっこいつ、私物に値札つけて商品の中に紛れ込ませてやがる！　ダストがいると商売あがったりだ」

　雑貨屋の売れない椅子に座ってくつろいでいるぐらいで、肝っ玉の小さいヤツだな。

　この程度でイライラしてたら、ただでさえ髪の少ない頭が禿げ上がるぞ。

「どうせ、客なんていねえじゃねえかよ。俺以外の客に会った例しがねえぞ」

「お前さんがいると、客が寄り付かないんだよ。店の評判も悪くなる一方だ」

「おいおい、儲かってないのを人のせいにするのは、どうかと思うぜ。早く帰って欲しけりゃ、ショバ代を払うか、オーク討伐のアイデア出してくれや」

　雑貨屋のオッサンに討伐の案が出せるわけがないと分かっているが、俺は完全に行き詰まっているからな。人の意見を聞いてみるのもありだろ。

「ショバ代ってお前、完全にチンピラだな……。そのオーク討伐ってなんだ」

「依頼を受けたんだよ、オーク討伐の。どうにか楽して倒せねえかと思ってよ」

「普通に戦って倒せよ……。やる気がないなら、受けなきゃいいだろうに。そうしたら、ミツルギさんが依頼を受けてくれるかもしれないだろ。その方が依頼主も万々歳だ」

　またミツルギかよ。最近カズマかミツルギの話ばっかり聞いている気がするぞ。

「ミツルギねえ。そういや、俺が大金を損したのも、元はと言えばヤツのせいだ。あんな大金を一気に渡すから目が眩んで、金を無駄にしちまった」

　あいつなら、オークの群れぐらい討伐できそうだな。オークのメスも強いオスを求めているなら、絶好のカモだろ。

んー……あいつを利用して戦わせるってのはどうだ。素直で騙しやすそうなヤツだった。……上手いことやったら、美味しいとこを総取りできるんじゃないか？

「おい、大金ってどういうことだ」

「こっちの話だ。最高にハッピーな考えが思い浮かんだぜ、ありがとよ」

「お前さんにお礼言われると嫌な予感しかしないんだが……」

　さーて、後はどうやってミツルギにオーク討伐を押し付けるかだが。……噂によると正義感が強く、女に優しいって話だったよな。そこを刺激してやれば、手のひらの上で踊ってくれそうだ。

　正義感と女か。となると、あいつに手伝ってもらうか。

3

「……ということだ」

「どういうことですか。ダストさん」

常連となったサキュバスの店に行き、顔見知りとなった小柄なロリサキュバスに声をかけたら、この反応だ。

この店は一見ただの喫茶店なのだが、実際は男の夢を叶えてくれる最高の店。

ここは相変わらず最高の楽園だ。僅かばかりの布で大事な部分を隠したキレイどころが、惜しげもなく肌を晒している。

歩くたびに揺れるでかい乳と尻を目で追うだけでも、来た甲斐があるな。

「だから、お前が村娘のふりをして、ミツルギの野郎に泣きつくんだよ。『村の男達がオークに連れ去られてしまいました。どうかお助けを』って。演出とセリフは俺が考えるから頼むぜ」

「分からないのは騙す方法じゃなくて、なんで私がそんなことを」

乗り気じゃないみたいだな。だが、これも想定内。初めから素直に頼みごとを聞いてくれるなんて思ってもいない。

　冒険者ってのは事前の情報収集が必須だ。お前さんについても調べはついている。

「俺は知ってんだぜ。カズマの一件で肩身の狭い思いをしているんだってな？　仕事の失敗が広まっちまって、お前に頼むヤツが少ないんだろ？　ここで、協力してくれたら悪いようにはしねえ。俺が毎回、指名したって構わねえぞ。なんなら、ロリ系が好きなヤツを紹介したっていい」

「うっ、どこでそれを……」

　動揺が顔に出ているぜ。カズマの一件は知っていたが、後は勘で適当に言ったんだがビンゴか。まあ、あの失敗談も酒の席でカズマから聞き出して、酔った勢いで面白おかしく言いふらしたのは俺だがな。

「それにミツルギは女に困ってねえし堅物だから、ここを利用しない。客じゃねえから騙しても問題ねえはずだ。俺は冒険者達には顔が利くから、お前の宣伝もしてやるぜ。どうだ悪い話じゃないだろ。エロい夢を見せるにも騙しのテクニックってのは重要だ。現実で腕を磨いて他のサキュバス達から一歩リードするチャンスだぜ」

「それはちょっとだけ……魅力的ですね」

「俺に任せれば、いずれはナンバーワンサキュバス間違いなしだぜ？　同僚も先輩もお前を絶賛するようになるんだろうな。想像してみな、魅力あふれる未来の自分を」

「ナンバーワン……。もう、肩身の狭い思いをしないでも……」

自分の姿を妄想しているのか、うっとりとした表情であらぬ方向を見つめている。

この様子なら、押し切れるな。

「そうだぜ。俺はお前に秘められた才能を感じたんだ！　俺がプロデュースして一緒にサキュバス界のトップ目指そうじゃねえか！　誰もがお前の姿を見るだけで魅了されちまうような、最高のサキュバスによ！」

「そ、そんな未来がっ！」

「お前ならやれる！　もっと輝ける！」

俺の熱い語りに心が揺らぎだしたな。

サキュバスは、どれだけ男を魅了したかで価値が決まるという話を聞いたことがある。ただの噂かもしれないが、どんな世界でも格付けみたいなものはあるだろ。

もうひと押しすれば、やってくれそうな気配がビンビンする。

「行ってきなさい」

俺達の話に割り込んできたのは、この店の経営者らしいサキュバスだった。

ロリサキュバスと違って、むしゃぶりつきたくなるようなムチムチボディーが、今日も最高に色っぽい。

サキュバスってのはこういうのじゃないと。このロリサキュバスの凹凸の少ない貧弱ボディーじゃ興奮しないな。

「いいのですか？」

「ええ、ダスト様は我々の大切なお客様です。お力になって差し上げなさい」

思わぬところから助けの手が。経営者だけあって、商売ってものを理解している。これからも贔屓にさせてもらうぜ。

「分かりました。ダストさん、お手伝いします。でも、戦いとかはできませんからね？　サキュバスは悪魔ですが戦う力はありませんので」

「助かるぜ！　心配すんな、怪我一つさせねえよ。それじゃ、打ち合わせするか」

ミツルギを騙すためのシナリオを今から詰めていかないと。ヤツは単純そうだからコロッと引っかかりそうだが、こういうのは念には念を入れていくぜ。

4

山道で潜んでいる俺達は辺りを見回しながら、今後の作戦の復習をしている。

「セリフは暗記してるか？」

「バッチリです！　みんなにも手伝ってもらって、芝居もやり込んできましたよ！」

余程自信があるのか、息巻いている。

店での露出の高い格好ではなく、今日は素朴な村人にしか見えない服だ。これならサキュバスだと気づかれることもないか。

「でも、ミツルギさんが本当にここを通るのですか？」

「間違いねえ。ヤツはカズマのとこの青髪プリーストにご執心らしくてな。アレがこの山でヤバイことになっているって噂を流すように、知り合いに頼んどいた」

「えっ、カズマさんのところのプリーストですか!?　あ、うう、浄化されるっ……」

ロリサキュバスが肩を抱いて震え始めたぞ。

もしかしてカズマの一件で失敗した時に、アレに酷い目に遭わされたのか。

プリーストとは思えない好戦的な女だったから、普通にあり得る。アクシズ教とエリス教は悪魔を毛嫌いしているからな。

「実際にはいないから、落ち着け。頼むぜ、お前の演技に全てがかかってるんだ。失敗しないでくれよ」

「お任せください！　もう二度と失敗なんてしませんっ！　失敗なんてもう二度とっ！みんなに慰められて同情される日々とは、おさらばです！」

異様に意気込んでいないか。もしかして、「失敗」はこいつにとって禁句なのか。

そういや、カズマのことを話したら過剰に反応してたな。

「お、おう、期待しているぜ」

少しでも肩の荷が軽くなるように笑いかけ、ポンポンと頭を撫でた。

驚いた表情で俺を見つめるロリサキュバスが、一度俯いてから顔を上げ、潤んだ瞳で見つめる。おいおい、これって俺の優しさに触れて惚れさせてしまったか。

「ダストさん……女性は頭を撫でられるのが好きっていうのは、童貞の幻想ですよ？」

「うっせえよ！　大丈夫なら、準備しとけ」

幼く見えるが、こいつは悪魔でサキュバスだ。色恋沙汰に関してはちょろくないのか。

まあ、こんな色っぽさの欠片もないような小娘じゃ、欲情もしないからいいんだけどよ。

「人の体をまじまじと見て、ため息つくのは失礼ですよ。私に魅了されましたか？」

ねえよ。と喉元まで言葉が出かけたが強引に呑み込む。

「すまんすまん。っと、足音が聞こえてきた、静かに」

大木の裏に潜み、小さな鏡を握った手だけをそっと出し、音がした山道を確認する。

あの青い鎧に黒鞘の剣はミツルギで間違いない。ここまで走ってきたのか、息も乱れ血走った目で周囲を睨みつけている姿は、不審者以外の何者でもない。

連れの女二人はいないか、都合がいいぜ。

「ちょっとセリフの変更だ。ここをこうして……」

「ダストさん、本当に性格悪いですよね。実は悪魔なのでは」

「おいおい、俺は自分の心に忠実なだけだ。失礼なこと言うなよ。んなことより、そろそろ出番だ、行ってこい！」

「はい、行ってきます！」

ビシッと敬礼してから、ロリサキュバスが飛び出していく。

いい具合に葉っぱが頭や全身にくっついている。息も絶え絶えといった感じで懸命に逃げている途中で、ミツルギを見つけたという流れだ。

ここまでは予定通りだ。自由自在に夢を操れるだけあって、演技力も結構高いんだよな。やるじゃないか。

「た、助けてくださいっ！」

「ど、どうしたのですか！」

今にも倒れそうなロリサキュバスをミツルギが受けとめる。

よっし、そこで潤んだ瞳で上目づかいだ！　おっ、震えながら相手に手を伸ばすオリジナル演出を入れてきた。……意外とノリノリなのか？

スカートもいい具合に捲れて、太ももが露出している。これが狙ってやっているなら大したものだが、偶然だろうな。

「む、村にオークの群れがっ！　男達が連れていかれてっ！　お願いです、村のみんなを助けてくださいっ！」

迫真の演技だ。サキュバスは役者としてもやっていけそうだな。

「そんなことが……。助けたいのは山々ですが、私もアクア様を探している最中なのですよ。あの方を見捨てるわけには」

「アクア様？　もしや、青い髪をした美しいプリーストの事ではありませんか？」

「そうです！　ご存じなのですかっ!?」

いい反応するな。やっぱ、このセリフを追加するように指示したのは間違いじゃなかったか。こう言えばあいつは必ず食いついてくる。

「はい。私達の村が襲われたことを知って、ためらうことなく助けに向かってくださいました」

「さすがです。やはり、美しく賢明なお方だ。彼の傍にいることで悪い影響を受けているのではないかと心配していましたが」

いやいや、アレは元からだ。むしろ、カズマがどうにか制御している保護者って立ち位置だろう。えらくご執心のようだが、アレが賢明って……。幻覚でも見たのか。

ミツルギの言動がいちいち芝居がかっているから、演劇を見ている気分になるな。

「それで、アクア様はどちらに！」

「こ、ここに、村人が偵察してオークの群れがいる場所を記した地図が」

懐から取り出した紙をミツルギに手渡した。もちろん、それは俺が書き込んだお手製の地図だ。あらかじめオークの居場所は偵察済み。

「分かりました。ご安心ください！　村人もアクア様も救出してきますので！」

堂々と宣言する姿が様になっている。だから、イケメンってのは……。

ロリサキュバスをそっと地面に横たわらせると、爽やかな笑顔を残し走り去っていく。

ミツルギの姿が視界から完全に消えたのを確認してから、ロリサキュバスに歩み寄った。

「お疲れさん、やるじゃねえか」

「どうです、失敗しませんでしたよ！」

「完璧だぜ。あれなら誰だって騙されちまうな」

「そうですか、褒めすぎですよ。えへへへ」

ちょろいぞこいつ。褒められ慣れてないのか、頬をほんのり赤く染めて照れている。

ロリサキュバスには褒め殺しが有効っぽいな、覚えておくか。

「よし、ミツルギの活躍を見に行くぞ。全部倒してくれたら理想的だけどよ、戦力を削ってくれてるなら捕まっていても構やしねえ。オークがヤツに夢中なところを背後から強襲だ」

「やっぱり、ダストさんは悪魔なんじゃ……」

「ちげえよっ！」

もちろんミツルギが捕まっていたら、やられる前に助け出してやる。そこまで俺も非道じゃない。これがきっかけで女嫌いになったら、それはそれで俺は困らないが。

並走しながら半眼で俺を見つめるロリサキュバスを無視したまま、俺は目的地に向けて走り続けた。

5

オークの群れがいる場所に近づくと走る速度を落とし、そこがよく見える小高い丘の上に移動する。這いつくばった状態で丘の切れ目まで進み、眼下を覗き込んだ。

倒されたオークの群れの中心にミツルギがいる。全部一人で倒しきったのか。息が乱れているようだが傷一つない。やっぱ強いな。

「アクア様！　何処にいらっしゃいますか、アクア様！」

大声で名を叫びながら、そこに建てられているテントの中を確認している。

このまま、放置していたら村まで行って話を聞きかねない。そしたら、俺の悪だくみが全てバレてしまう。

「後始末頼んでもいいか？」

「全員助かって、アクア様も立ち去ったってことでいいですよね」

「おう、それでいいぜ」

背中から羽を伸ばし、ミツルギに見つからないように近くに降り立ってから走り寄っていく。声は聞こえないが身振り手振りから判断すると、どうにか納得してくれたようだ。

よっし、これにて一件落着だ。あとは、オークから討伐の証を収集して売れそうな物も漁っておくか。

ミツルギがいなくなってから下に移動して、ロリサキュバスと共にオークの死体をまさぐりそれなりの成果があったので、そろそろ帰ろうかと腰を上げる。

「オークなんてろくな装備もないのに真剣に探していましたね。掘り出し物はありましたか？」

「……何もねえな。少しでも金が欲しいってのに無駄骨かよ。ミツルギが戦った分は楽させてもらったけどよ」

「あのミツルギさんって人、アクアさんに執着しすぎていて、ちょっと怖かったです」

「アレを崇めているぐらいだからな、どっかおかしいんだろ」

「――どうして、ここに君がいるのですか？」

突然、背後からかけられた、この聞き覚えのある声は……。

恐る恐る振り返ると、そこには腕を組んで睨んでいるミツルギがいた。

「お、おう、偶然だな」

「そうですね。娘さんを一人で村まで帰らせるのは不安だったので戻ってきたのですが、正解だったようです。たまたまオークの群れがいた場所で出会ったのは、まだいいとしましょう。ですが、何故、そこの村娘と親しげに話していたのですか？　まるで知り合いのように」

ヤバイな、どこから見られていた。話をどこまで聞かれていたかによって、対処方法がガラッと変わってくるぞ。

ここは慎重に言葉を選ぶ必要がある。

「わ、私とダストさんは、なんの関係もありませんよ！　今、会ったばかりで言葉を交わしたこともありません！」

「バ、バカ野郎！　天然かてめえっ」

こいつ焦って致命的なミスを犯しやがった。

「へえー、あんなに親しげに会話をしていたのに？　それに言葉を交わしたこともない相手だとしたら、どうして名前を知っているのですか」

言い返しもせずに涙目でこっちを振り返って、助けを求めるんじゃねえよ。逆境に弱すぎんだろ！

どうする、ここでどうすれば切り抜けられる⁉　窮地に陥ったのは一度や二度じゃない。ここで起死回生の打開策を思いつけ！

「はっ、俺は何をしていたんだ……。こ、ここは何処なんだっ⁉　お、お前はサキュバスの娘‼　お、思い出したぞ。俺は悪魔であるこいつに魅了されていたんだっ。悪いのは全てこいつだ！」

　ミツルギに下手人を差し出すことにした。

「ちょ、ちょっと！　何を言っているのですか、ダストさん！　この悪だくみを考えたのは、全部ダストさんじゃないですか！」

　泣きっ面で俺の胸元を摑むロリサキュバスを、引き剝がそうと力を込める。

　あっくそっ、意外としぶといぞ。離れねえっ！

「何を言っているのか分かんねえな。おい、ミツルギ、悪魔の甘言に騙されるなよ。悪魔ってのは神の天敵だ。お前の知り合いのプリーストの天敵だぞ！」

「最低！　この悪魔！　クズ！　ゴミ！」

「けっ、なんとでも言いやがれ。俺は俺が一番可愛いだけだ！　てめえもサキュバスなら、その貧弱な体で誘惑ぐらいしてみろ！　ほら、これを見ろよ、悪魔の尻尾があるだろ！」

　スカートに手を突っ込み尻尾を引っ張り出すと、ミツルギが目を逸らした。

　ロリサキュバスが「変態！」を連呼しながら殴ってくるが、日頃もっとエロい格好してるくせに、羞恥心の基準が分からないな。

「確かに、悪魔であるのは間違いないようですね」

「そうだろ？　じゃあ、俺が無実ってのも理解できるよな」

　よっし、俺は助かりそうな流れだ。相手が悪魔と分かっても、ミツルギは甘い男だからな。見た目が少女のこいつに暴力を振るったりはしないはず。

全員が助かるための、これが最良の策。

「騙されないで！　この人、ミツルギさんの大切にしている魔剣を安値で買い取ったくせに、バカみたいな値段で売りつけて大儲けしたんだから！」

「て、てめえ、それをどこで！」

「前に酔っぱらってうちの店に来た時に、自慢げに自分で話していたじゃないですかっ！」

あ、ああ、そういや、そんなこと話したような……。

――鞘から剣が抜かれる音がした。

「待て待て！　ここは鞘に剣を戻して腹を割って話し合おうじゃねえか。会話ってのは人だけに許された手段なんだからよ」

「ドワーフとかエルフとか、私達悪魔や魔物も結構会話できますよ？」

黙れ、ロリサキュバス。場を収めようと必死になってんだから空気読めよ！

感情が全く見えない表情でミツルギが剣を上段に構え、俺達に冷たい視線を浴びせている。あ、これは言い訳が通じない顔だ。

俺は素早くサキュバスの背後に回ると、スカートを勢いよくめくる！

「きゃあああああっ！　何するんですかっ！」

「な、何をっ⁉」

ウブかお前ら。ミツルギが動揺してこちらから目を離した隙にロリサキュバスを小脇に抱え、全力でその場から逃げ去る。

「ま、待ちなさい！」

「待てと言われて待つバカがいるかよっ！　いきり立つもう一つの魔剣が邪魔で、走りにくいんじゃねえか？　無理すんなよっ！」

捨てゼリフを浴びせかけるのは忘れずにやっておく。

振り返って顔を確認する余裕がないのは残念だが、このままとっとと逃げさせてもらう。

「ねえ、本当に悪魔じゃないんですか？」

「しつけえなっ、ちげえよっ！」

疑いの眼差しを向けるな。俺は善良なただの冒険者だ。

6

「くそっ、散々な目に遭ったぜ。期待して村に行ってみれば、若い姉ちゃんはみんな村を出て都会に行ったたって言うしよ。何がキレイどころが揃っているだ、全員ドライフラワーじゃねえかよ。次の日になってからギルドに戻ったら、ミツルギが先に手を回していて、オーク討伐の金は支払われねえし。俺のやったことがリーンにバレちまって、散々けなされて呆れられて借金返せって迫られるしよ。踏んだり蹴ったりってのは、このことだぜ」

「知ってますよ。私もその場にいましたから」

俺の愚痴に冷静に返したロリサキュバスは、忙しそうに店内の掃除をしている。

営業時間外なので、俺とこいつ以外は客も従業員もいない。

「邪魔なので、帰ってもらえますか？」

「お客に対して、それはねえだろ」

「お金ないですよね？」

「…………はい」

本当なら懐が暖かくなっていたはずなのに、これも全部ミツルギのせいだ。あいつが余計な真似をしなければ、今頃ウハウハで一杯やっていたのに。

「金がねえのは、ミツルギが全部悪い」

「ダストさん、自業自得って言葉知ってます？」

「そんなもん、俺の辞書から引き破っちまったよ！」

「清々しいぐらいのクズですね。悪魔でもそこまでの人材はなかなかいませんよ」

呆れながら感心しているのか、複雑な表情を浮かべて箒で床を掃いている。

このロリサキュバス。一応は丁寧な口調で接しているが、初めて会った時より随分と砕けてきたな。堅苦しいのは苦手だから、別に構わないんだが……打ち解けたというよりは、見下されているような……。

まだ、あいつに突き出したのを根に持っているのか。ケツの穴の小さいヤツだ。

「まあいっか。でよ、舐められっぱなしってのは冒険者としての沽券にかかわる。そこでお前さんに助力を願いた」

「嫌です」

最後まで聞かずに拒絶した。こいつ警戒してるな。

「まあまあ、そう言わずに最後まで聞いてくれよ」

「聞いたら最後、泥沼に引きずり込むつもりですよね？」

「お前、俺をなんだと思っていやがる」

「人類史上稀にみるクズ？」

「よーし、女とはいえ容赦しねえ。そこに正座しろ、本当のクズってもんを見せつけてやる。二度と逆らえない体にしてやんぜ」

俺は指をポキポキと鳴らしロリサキュバスに向かっていくと、一丁前に相手も箒を構え迎撃態勢を取っている。

「そんなことしたら、二度とこの店を利用できないようにしますからね！」

「けっ、そんな脅しが通用すると思うなよ！　俺をあんま舐めんじゃねえぞ。さっきから忙しそうだが掃除手伝ってやろうか？」

そう言われたら折れるしかない。ここが利用できなくなるのは死活問題だ。

脅しを使わずこいつを利用するには……あの手段があったな。

「すまねえ。お前さんのあの時の卓越した演技力なら、どんな無理難題でもやってのけると期待しちまって……つい熱くなっちまった」

心から反省しているように芝居して、頭を軽く下げる。

さあ、こんな俺を見てお前はどう反応する。

「も、もう、そんなこと言われたら怒れないじゃないですか」

軽く頬を膨らませて視線を逸らしている。……褒められ慣れてない女はちょろいな。このまま押し切るか。

「王都の舞台女優も真っ青な演技力だったからな。そんなお前さんが見せる淫夢はやべえんだろうなぁ。かーっ、貧乏が恨めしい。働いて金が貯まったら次は迷わず、指名させてもらうぜ！」

「そこまでじゃないですよー。褒めすぎですって、ふふっ」

顔を真っ赤にして照れ隠しなのだろうか、床を高速で掃いている。ちょろ過ぎて心配になるレベルだ。今は都合がいいから助かるが。

「悪かったな。お前さんの実力ならやれるかと思ったんだが、相手の都合も考えずに交渉するべきじゃなかった。他のサキュバスに頼んでみるさ。はぁーっ」

肩を落とし大きくため息を吐く。そして、ちらっと横目でロリサキュバスの様子を確認してみると「しょうがないなー」と言わんばかりのにやけ面を晒していた。

「仕方ないですね、一回だけですよ。一回だけならお手伝いしてあげます」

このちょろさ、サキュバスとしてどうなんだ。ちゃんと悪魔としてやっていけているのか？　人間に心配される悪魔ってどうなんだ……。

って、俺が気を遣ってどうすんだ。気持ちを切り替えていくぞ。

「そうか、ありがとうよ！　じゃあ、こういうのを頼みたいんだが」

ロリサキュバスに耳打ちすると、初めはコクコクと頷いていたのだが、最後の方になると驚きで見開かれた目が蔑んだ目となり、冷たい視線が俺を貫く。

「ミツルギさんに夢を見せるのは別にいいのですけど、その内容が……あまりにも酷くありませんか？」

「悪魔がドン引きするなよ。あのプリーストが夢に出て色っぽい仕草で誘惑してきて、ベッドイン一歩手前になったら……メスオークに変わって逆に襲われるってだけじゃねえか」

「確実にトラウマになりますよ、この夢。でもミツルギさんに夢を見せるにしても、大丈夫ですか？　あの人強いですから、私の接近を事前に察知するのでは？」

「その心配は無用だぜ。あいつの泊まっている宿の隣には連れの女が泊まっていて、いつも騒がしくしているらしくてな。ちょっとやそっとの物音じゃ起きないそうだ」

これは確かな筋からの情報だ。まあ、その連れ二人がギルドで話しているのを盗み聞きしただけだが。

「それに、いざという時の退路は用意しておく。俺も見張っておくからよ」

「それなら……危険を感じたら直ぐに逃げますからね？」

「おう、それでいいぜ。これで復讐の準備は整った。金と女の恨み晴らさせてもらうぜ、くーはっはっはっ！」

「やっぱり、悪魔なのでは」

ロリサキュバスの戯言は無視することにした。

7

俺とロリサキュバスは漆黒の闇夜を切り裂くように、裏路地を走り抜けている。

「やっぱり、無理だったじゃないですかっ！」

「だーっ、うっせえな！　今は黙って逃げろっ！」

くそっ、なんでこうなった。忍び込むまでは順調だったじゃねえか。

誰もいない部屋でミツルギの枕元まで移動できたロリサキュバスが、夢を見させる直前に——連れの女二人が飛び込んでくるなんて、予想できるかっ！

「あのクソアマどもっ！　女が男に夜這いなんてすんじゃねえよっ！」

「ミツルギさんは深い睡眠状態で、どっちにしろ夢を見させられませんでしたよ！　あれは酔い潰されていたのでは！」

最悪だな。誰に酔わされたのかは知らないが、最悪のタイミングでやってきた二人がもめている間に逃げ出せたが……。

「待ちなさいよ、この痴女！　顔覚えたわよっ！」

「キョウヤに触れてないでしょうねっ！」

女どもがしつこい！

ロリサキュバスは店でのエロい格好をして忍び込んだのだが、今はサキュバスであることがバレないように、その上からコートを羽織っている。

室内では暗がりだったので、羽も尻尾も見られなかったのが不幸中の幸いだ。

「飛んで逃げたいのに、これじゃ逃げられない！」

「犯罪者になる時は……一緒だぜ」

「嫌ですよ！　私は捕まったら処分されるんですから、ダストさんだけ罪を認めて捕まってください！」

「断る！　警察に捕まるのはどうでもいいが、男の部屋に忍び込んで捕まるのだけは絶対に嫌だ！　断固拒否する！」

こんなもんが知れ渡ったら冒険者として男として終わりだ。仲間達にも捨てられる未来しかない。絶対に逃げ切るぞっ！


「あークソ、散々だ！　何とか逃げられたか。あれは捕まってたら、とんでもない事になってたぞ。あんな女に付きまとわれているなんて、ミツルギの野郎に同情しちまうぜ」

「もう、もう！　ダストさんのせいで危なかったんですからね！」

結局俺達は夜が明けるまで逃げ続け、世間的にもなんとか生き延びることができた。

外はすっかり明るくなってしまっている。大通りまで逃げてきたが、開店準備を始める店があるような時間帯か。

「はぁ、疲れました。もう、帰って寝ま……ダストさん。逃げている最中に人攫いまでやってのけたのですか？　こんな可愛らしい女の子を」

何言ってんだこのロリサキュバス。俺をじっと見て……ないな。視線が隣にずれている。

その先を追って俺も目を向けると、チビガキがいた。

前にギルドの受け付けの前で絡んできた、オーク討伐の依頼をした村のチビガキか。どっから湧いて出てきたんだ。

「おじちゃん、お仕事終わった？」

「チビガキ、早起きだな。おじちゃんじゃねえって、言ってんだろ」

「ガキじゃなくて、お嬢ちゃんだよ。ねえ、おじちゃんおじちゃん、オークは？　約束は？　プレゼントは？」

　このガキと約束なんてした覚えは全くないのに、こいつの中ではあの会話で約束したことになっているのか。

「ああっ、うっせえ。これでいいんだろ」

　綺麗に包装された小箱をガキに投げ渡す。それを受け取ったガキは白い歯を見せて、にんまりと笑った。

「見つけてくれたんだね！　ありがとう、イケメンのお兄ちゃん！」

　何度も振り返るたびに大きく手を振るガキに、しっしっとあっちへ行くように手を振る。

　そんなやり取りをじっと見ていたロリサキュバスと目が合った。すすっと隣に並ぶと、ニヤリと意味ありげな笑みを浮かべる。

「オーク達の死体を熱心に探っていた本当の理由って、あれなんですか？」

「ちげえよ。金目の物を漁っていたついでだ、ついで」

「ふーん、そうなんですかー。ふーん」

　ニヤニヤしながらこっち見んな。

第四章 あの令嬢と恋仲に

1

「金も無けりゃ、女もいねえ！」

ギルド内の定位置で仲間達と飲んでいる最中に、叫んで立ち上がってみたが全員無視して食事を続けている。

「から揚げ旨そうだな。一口だけ、先っちょだけ、肉の破片が残った骨でいいから、しゃぶらせてくれよー」

「いーやーよ。あんた、前は女も金も当分いらねえっ、って言ってなかった？」

フォークを突き刺していたから揚げを口に放り込んだリーンが、小さく息を吐いてからジト目を向けた。

「だから、二日ほど大人しくしてたじゃねえか」

「たった、二日って。あんたが金ないのって自業自得よね？　デストロイヤーの賞金を当てにツケで飲み食いして借金までこしらえて、賞金が少なくて返済に困ってるだけでしょ。同情する余地はどこにもないわ」

「そうだな。少しは節制を覚えたらどうだ？」

リーンに同調してテイラーまで説教をしてくる。

面白みのないヤツらだ。金をちまちま貯め込むなんて男のやることじゃないだろ。豪快に使ってパーッと儲けるのが男気ってもんだ。

「貧乏人は、やだねー。はぁ、酒がうめぇ！」

「おい、キース。お前はなんで金持ってんだよ。お前もツケや借金してたよな？」

俺と同じように豪遊していたはずだというのに、なんでこいつだけ優雅な食事をしている。おかしいだろ。

「ダストと違って、俺は博打で大穴当てたからなっ！　貧乏人を眺めながら飲む酒はうめえぜっ！」

札を広げ扇のようにして扇いでんじゃねえぞ。くそっ、勝ち誇りやがって！　俺だってあそこで当たってれば、今頃っ！

「それだけ金あるなら、ちょっと貸してくれよ」

「やだね。この金は俺のもんだ。ダストに渡す金なんぞ、一エリスすらねえよ。ここで俺の靴を舌で磨いて、キース様には一生逆らいません。私は従順な下僕です。って媚びるなら、ちっとは奢ってやってもいいぜ」

「くそがっ！　誰がお前のような友達がいのないヤツなんかに頼るかよ。ってことでテイラー、金を」

「貸さん。前の分を返してから頼むんだな。こういう甘やかしはお前のためにもならんだろ」

クルセイダーだけあって、くっそ真面目だな相変わらず。普通は仲間が困っていたら快く奢るぐらいするだろ。なんてヤツらだ、俺は仲間として恥ずかしい。

「けっ、お前らなんかに頼んねえよ。謝るなら今のうちだかんな！　今なら酒とつまみと十万エリスで許してやる！　俺が大金持ちになってから媚びても無駄だかんなっ！　さあ、泣いて詫びろ！」

「「ねえよ」」

「どいつもこいつもケチくせぇヤツらばっかだぜ。大金手に入れたら札束ビンタしてやんよ」

とは意気込んでみたものの、金儲けの元手となる金すらない。

楽して大金持ちになるのが俺のモットーだが、無い袖は振れないんだよな。

はー、どっかに金と体を持て余している貴族の女でもいないのか。まあ、そんな都合のいい女がいるわけない。さすがに俺でもそれぐらいは理解できる。

「ダストではないか。こんなところで、何をしている」

俺に声をかけてきたのは、カズマのところの金髪クルセイダーか。見た目とスタイルは抜群なんだが……一緒に冒険をしてからこいつらの印象がガラッと変わってしまった。

それに最近知ったアレには驚かされたな。

「おっ、ダクネス……じゃねえ、ララティーナ」

「その名で呼ぶな！」

ダクネスは偽名でララティーナという可愛らしい名前が本名だったとは。

実はこの国の懐刀と呼ばれているダスティネス家のお嬢様だったなんて、思いもしなかった。やたら硬くて攻撃の当たらないクルセイダーなだけじゃなかったのか。

貴族ってのに厄介な連中が多いのは身をもって知っているが、ダクネスは貴族特有の嫌な感じがしない。平民を見下したりせず対等に扱っているからな。

ダスティネス家の悪い評判を一切聞かないのは、隠ぺいが巧みなのかと疑っていたが、評判の良さは、あながち嘘じゃないのかもしれない。

クルセイダーなんてやってはいるが、おかしな言動に目を瞑れば育ちのいいお嬢さんという感じがする。貴族様がなんで冒険者なんかやっているのか、ってのは聞くだけ野暮ってものだ。

「珍しく一人か。カズマはどうした？」

「い、いつも、カズマと一緒というわけではないぞ！　ただの仲間だからなっ！」

必死になって否定するようなことでもないだろ。冒険者仲間なんてものは、常日頃から行動パターンが似たりする。

変な勘違いでもしてるのか。どうでもいいけどよ。

「カズマは屋敷を手に入れてからというもの、出不精が悪化していてな。まだ部屋で眠っているはずだ」

金があったら俺も昼までダラダラ寝て、食っちゃ寝の生活を満喫したいもんだ。

「で、一人で何してんだ」

「めぐみんはアクアを連れて日課の爆裂魔法を撃ちに行ってしまい、一人暇になってしまってな。そこで、久しぶりにクリスと共に冒険に出かけようと思ったのだ」

「クリスってカズマにパンツ取られて泣かされた、あの銀髪で胸の寂しい盗賊だったか？」

「おい、それをクリスに言うんじゃないぞ。結構、気にしているみたいでな」

気にしていたのか。なら、あんな薄着しなけりゃいいんじゃないか？　とは思ったが、盗賊ってのは身軽なのが決まり事だったか。

「では、急ぐので。そうだ、あまりカズマと共にバカなことをしないでくれ」

「あいよ。てか、別にバカなことをした覚えはねえな。朝まで酒場で騒いだり、気に食わねえ相手にスティールかまさせて、ノーパンで家に帰らせたりしたぐらいだぞ？」

「そんなことをしていたのか……。そんな羞恥プレイがあったとは。今度、説教せねばならんな」

肩を怒らせて歩くダクネスの後ろ姿を眺めていて、ふとあることに思い当たった。

「ダクネスはダスティネス家のお嬢様なんだよな。ってことは、相当金持ってるってことか……ふふーん」

貴族に対してはいい思い出はないが対応には慣れてしまっている。前の戦いで妙な行動をしていたのが気になるが、見てくれは悪くない。むしろ好みな体つきだ。

うまいこと騙して貢がせたら、勝ち組じゃないか？　結婚なんて面倒だが恋人ぐらいなら問題ないよな。適当に優しい言葉を吐いて愛想よくすれば簡単に落ちそうな気がする。

前にカズマがダクネスに対して、ちょろい女とか言ってた気が……。よっし、まずは情報だ。獲物を狩るならまずは下調べをやっておかないとな。

……尾行してみるか。

姿を隠しながらダクネスの後を追うと、クリスと冒険者ギルド前で合流してから街の外へと出て行った。

2

本当に二人で冒険するのか。盗賊とクルセイダーってのはバランスが悪いが、戦えないことはない。だが、無茶はしないだろうな。

こそこそと、一定の距離を保ったまま後をつけていく。

前に戦った時はダクネスが初心者殺しに嚙みつかれていた印象しか残ってないが、本当の実力を測るいい機会だ。あの時は武器も防具もなかったからな。

「あ、あの、えっと……。どうして私も連れてこられたのでしょうか？」

俺に途中で確保されたぼっちが、おどおどしながら質問をしてくる。

「どうせ、一人で暇してたんだろ？」

「ぐ、偶然、たまたま、一人でしたけど……」

こいつはカズマのところの爆裂娘と同じ紅魔族で、優秀な魔法使いなんだが常にぼっちだ。人付き合いが下手で奥手なのもあり、カズマ達といない時は、だいたいギルドの片隅で一人遊びをしている。

名前はゆんゆんという。……この名前のセンス、紅魔族なのは間違いない。

「ならいいじゃねえか。どうせ、一人でカードゲームするか一人チェスやるぐらいしか、することとねえんだろ？」

「そ、そんなことないですよ。ちゃんと読書もしてますし、ボードゲームも一人でやってます！　それに人間観察も得意なんですよ。ええと、他にも……最近はメニューを全部覚えました！」

ギルドの一階にある酒場のメニューを暗記したのか。そういや、こいつずっと酒場の窓際の席に陣取っているよな。

「メニューの端から頼んでいって、コンプリートすると満足感があるんですよ！　今はもう何周目か忘れましたけど」

「お、おう。今度、カズマ達と一緒に飯でも食うか」

「い、いいんですか⁉　でも、パーティーの団らんを邪魔しちゃ悪いですよ」

「そういう無用な気づかいをするから、てめえはぼっちなんだよ。こういうのは図々しいぐらいでいいんだっての。人の金で飯を食べて酒を飲む。それが最高なんじゃねえか。分かってねえな」

「ぼっちじゃないです！　それに友達の飲食代は私が払わないと。紅魔族の里ではいつも、お友達のどどんこさんと、ふにふらさんに『私達、友達よね』って言われてご飯奢ってましたよ？」

「……今回の件で儲かったら、なんか奢ってやんよ」

この俺を動揺させるとは。こいつの話を聞いていると居たたまれない気持ちになる。

14歳のガキだが、発育もいいし見た目も美人と言っていいだろう。普通なら男が放っておかないんだが、何故か人が寄り付かない。

嫌われているわけじゃなく、冒険者の間では評判もいいんだが。

「えっ、奢ってくれるんですか！　えっ、でも、ダストさんが？　犯罪の片棒を担がせるつもりなんですか？」

「お前、結構口が悪いよな！　俺が奢るのがそんなに変か!?」

「はい」

「即答すんじゃねえよ！　んなことより、話を戻すぞ。今からダクネス達を尾行する。お前もついてきてくれ」

「えっ、尾行って……。ダストさんも知り合いに声をかけられないで、一日中バレないように隠れて、相手の後をずっと追いかけるタイプなんですか？」

「……声ぐらいかけろよ」

「そ、そんな。急に声をかけて相手の邪魔をしたら悪いですし。向こうは私のことを何とも思ってなくて、無視されたら悲しいじゃないですか……」

「親しくなくても挨拶されて嫌な気分になるヤツはいねえよ。もう少し堂々としたらどうだ。……じゃねえ。お前といると話が逸れまくるな。ダクネスを尾行するのには理由があんだよ。あれだ、そのなんだ」

上手い理由が思いつかん。ゆんゆんが納得するような適当な嘘を吐けばいいか。

「ほら、俺とカズマはダチだが、他の連中とはそんなに仲良くねえだろ？　友達の友達とも仲良くなりたいじゃねえか。お前なら分かるだろ？」

「分かります、分かります！　友達の友達と友達になれば、どんどん友達が増えますよね！」

こいつは友達というキーワードにびっくりするぐらい弱いよな。

……悪いヤツにたぶらかされないように、たまに注意しておいてやるか。今はその性格を利用させてもらうが。

「だろ。そこで友達になるには情報収集が必須だ。相手が好きな物や日頃どういうことをしているのかを知れば、話す時話題にも困らねえだろ？」

「うんうん、そうですよね。めぐみんは盗み食いや迷惑行為ばかりしていたから、話題どころか止めに入ったり注意してばっかりだったけど」

爆裂娘は盗み食いなんてやってたのか。こいつも大概だがあっちも相当な変わり者だな。

「それによ、ダクネスと友達になれば、爆裂娘ともっと仲良くなれんじゃねえか？」

「そ、そうでしょうか？　べ、別にめぐみんのことはどうでもいいですけど、そこまで言うなら私も同行しますよ」

分かりやすい性格をしていて助かる。

出会ったのは偶然を装っているが実際は、こいつの立ち寄りそうな場所に尾行の途中で立ち寄っただけなんだけどな。

俺の推察通り、本屋の前で新作の本をじっと眺めていた。

恋愛小説のコーナーで人の目を気にしながら、何冊か買おうとしていたところに声をかけると、飛び上がるほど驚いていた。

こいつが一緒にいれば万が一見つかったとしても、言い訳の材料ぐらいにはなるだろう。

3

平原を暫く進んだ先にゴブリンが出現した。二人だけでも敵が二体なら楽勝か。

まずはダクネスがゴブリンに突っ込んでいく。そこにゴブリン二体が襲い掛かる。

ダクネスの攻撃は掠りもしないが、敵から棍棒で殴られようが全く怯まないな。

むしろ、敵の攻撃に自ら突っ込んでないか？　クリスが攻撃を仕掛けるチャンスをうかがっているようだが、派手に動くダクネスが邪魔のようだ。

「バインド！」

おっ、相手を拘束する盗賊のスキルが発動した。あれで、ゴブリンの動きを封じて……ダクネスが縛られてるぞ。ロープでぐるぐる巻きにされたところを、ゴブリン達に袋叩きに……。何やってんだ。

あっ、殴るのに夢中になっていたゴブリンの背後にクリスが移動して仕留めた。もう一体も同じ手順でやったのか。

……バインドの使い方おかしくないか？　敵に使うものだろ普通。それに、あのバインドにダクネスが自ら飛び込んだように見えたんだが。

「えっ、えっ、バインドに自分から突っ込みませんでした？」

「だよな」

俺の肩をバンバンと叩きながら疑問を投げかけてきたゆんゆんに、思わず同意してしまった。

だが、距離があるから、そう見えただけで実際は連携のミスだったのかもしれない。もう少し様子を見てから判断するべきだな。

二人は再び移動を開始すると、新たなゴブリンが現れる。今度はゴブリンが五体。二人組だときついかもしれない。いざとなったら助けに入るのも考慮しておくか。ここで好印象を与えておけば、ナンパの成功率も上がるだろ。

敵に意識を取られていて俺に気付く余裕はないようだ。もう少し近くの岩場まで移動するか。その方が絶好のタイミングで飛び出せる。

結構至近距離まで来たが、あいつらにもゴブリンにも気づかれてない。

ここまで近いと声もなんとか聞こえるようだ。

「ダクネス。敵は五体もいるから変なことしちゃダメだよ」

「分かっている。下劣なゴブリンに簡単に屈したりはしない！」

「あ、うん。屈するとかじゃなくてね」

「抵抗むなしく押し倒され、あのぬらぬらと濡れた長く卑猥な舌が、全身を這いまわろうとも、そう簡単に堕ちたりはせんぞ！　やれるものならやってみろ！　むしろ、やれっ！」

「ダ、ダクネス！　ちょっと、待って！」

大剣を振りかざしてダクネスが突っ込んでいく。

薄々感じてはいたが……あいつかなり変じゃないか？　ゴブリンに屈しないと口で言いながらも、あの興奮で緩んだ顔は……。

「ああっ、鎧の留め金が緩んでいるせいで、勝手に鎧が外れてしまう」

おい、何であのクルセイダーは走りながら器用に鎧を脱いでいるんだ？

「武器が汗で、すっぽ抜けてしまった……。くっ、抵抗の手段を失ってしまったか……。これではゴブリンに蹂躙されてしまうではないかっ……」

あいつ……武器を投げ捨てやがったぞ。

呼吸は荒く、口元が嬉しそうにニヤけている……もしかして、興奮してないか？

戦闘狂が戦いの最中に気分が高揚するってのは分かるが、ダクネスはそうじゃない気がする。なんかこう……サキュバスの店にいる客みたいな表情なんだが。

「もう、大人しくして！　バインド！」

クリスは今、ダクネスを狙って発動したぞ！

またもロープに巻き付かれたダクネスが地面に転がる。

「この状況で動きを封じられるとは、不覚！」

いやいや！　避けようともしなかったよな⁉

「身動きの取れない私をどうするつもりだっ！　まさか、その鋭い爪で服を引き裂くのかっ！　それも、胸や大事な部分は布を辛うじて残し、その卑猥な形をした棍棒を――」

「それ以上、言わせないよっ！」

言葉が通じないはずなのにドン引きしているゴブリンに、クリスが襲い掛かる。

注意がダクネスから外れ、ゴブリンがクリスを振り返るが。

「クリス、もう少し待ってくれ！　あと、五分でいい！　あと、ちょっとなんだ！」

「残念そうな顔しない！」

意味不明な言葉を叫ぶダクネスに気を取られるゴブリン。その隙にクリスのナイフが急所を切り裂く。

チームワークは悪くないんだが……なんだろうな。

結果ゴブリンを完封したわけだが、ダクネスと関わるのは思っていたよりも無謀な行為ではないかと、ためらいが生じている。

言動がどう考えてもヤバイ。見てくれは悪くないどころか、好みなんだが……どうにも発言がなぁ。あれって……。

「あ、あれ？　やっぱり、ダクネスさんの動き変じゃないですか？　気のせいだとは思いますけど、殴られて喜んでいるような……」

「やっぱ、そう思うか」

「あっ、でも。ソロじゃない戦いってああいうのが普通なのかも。私、他の人と組んで戦ったことが殆どないから……」

「さらっと悲しい事ぶち込んできやがるな……。それはねえよ。ありゃ、異常だ」

ダクネスはおそらく——マゾってやつだ。肉体や精神の苦痛を快感に変える変態で間違いない。

「スタイルは申し分ないのに変態かよ……それも、かなりいっちまってるよな……」

「あのあの、殴られて喜ぶってどういうことなんですか？」

「ガキは知らなくていいことだ。どうしても詳しく知りたかったら、あとで爆裂娘にで

も聞きな」

ゴブリンに棍棒で殴られている時の嬉しそうな顔。あれは超ド級の危険物件だ。ああいう、面倒な女には関わらないに越したことはない。

諦めるか、アレの手綱を握れるのはカズマぐらいだろ……。バレないようにとっとと立ち去るか。

そっと背を向けたのだが、聞こえてきた声に思わず動きが止まる。

「ダクネス。そんなことばかりしていたら、いつかカズマ達に捨てられるよ？」

「なんだと……。私を利用するだけ利用して、ぼろ雑巾のようになった私を捨てるだとっ！　ああ、なんという屈辱っ！」

「と言う割に嬉しそうに見えるなぁ。前から疑問だったんだけどダクネスって……どういう男の人が好みなの？」

普通ならこんな下らない女同士の会話なんかに興味もないんだが、最後にダクネスの好みだけは聞いておくか。俺が無理でもキースを騙してくっつけて、美味しいとこだけいただくのもありだ。それに……。

「ダストさん、ちょっと待ってください！　もう少し話を聞きましょう！」

俺の服の袖を摑んで離さないゆんゆんがいる。鼻息荒く、興味津々の目で二人の会話に耳を傾けている。

……女って恋愛話好きだよな。

「そうだな。体形はどうでもいいが常にいやらしい視線で女を目で追い、下卑た笑みを浮かべ、年中発情しているスケベそうなのは譲れない。できるだけ人生楽に送りたいと、人生舐めているダメなヤツだとポイントが高いぞ。借金があれば申し分ないな！　働きもせず酒ばかり飲んで……」

「もういい、もういいから！　ダクネス、一度じっくり話し合わないとダメだね！」

そんな最悪な男が好みなのか、あいつは。そんなゲス野郎なんてそう簡単に見つかるわけが……。おい、ゆんゆん。なんでこっち見てんだ。

「その条件ってダストさんに当てはまるというか、ダストさんそのものですよね？」

意味不明なことを口走りやがった。

「おいおい、バカなこと言うなよ。俺はそこまで外道じゃねえよ」

ったくバカにするんじゃねえよ。どちらかと言えば、あれはカズマのことだろうが。

「えっと、じゃあ、今からする質問に答えてください」

「なんだ唐突に」

「第一問、好みの体形で色っぽい格好をした女性が酒場にいたらどうしますか？」

「んなもん、即ナンパするに決まってんだろ。それか、酔ったふりしてケツ触るかだな」

「………………」

おい、なんか言えよ。なんで目を逸らして黙っているんだよ。

「第二問、一生遊んで暮らせる金額を何もせずにもらえるか、仲間と共に困難を乗り越え、強敵との戦いに勝利した先の大金と名誉、どちらを選」

「遊んで暮らす方に決まってんだろ」

「く、食い気味に答えましたね、はぁー」

人の顔見て、ため息を吐くのは失礼だろ。今のは誰だってそう答えるに決まってる。迷う必要なんてどこにもねえよ。

「第三問、現在借金がある」

「おうよ。いつものことだがな」

「……第四問、働かないで飲む酒は旨い」

「最高じゃねえか」

「ダクネスさんとお似合いですよ」

こいつ、目を細めて優しい笑顔で俺を見てやがる。

今の質問は誰だって俺と同じ回答になるはずだ。迷う必要がどこにあるんだ。

好き勝手なことを口にしていたゆんゆんが黙り込むと、腕を組んで俯き唸り始めた。急にどうしたんだ。

暫くそうしていると、いきなり勢いよく顔を上げると俺の顔をじっと見つめて、大きく一度頷いた。

「あーっ！　もしかして。ダストさんは、ダクネスさんのことが好きなんですか⁉　好きな人のことを知るためにずっと後をつけていた。そう考えれば納得できます。こんなにも熱心だったのはそのためだったのですね！　そういう素直になれない主人公の小説読んだことありますよ！」

　こ、こいつとんでもない誤解をしているぞ。

　だが、当初の予定はそれだったな。でもなあ、今までの言動を見ていると完全にやる気が失せたんだが。

「ダストさんと付き合うなんて、女性にとって拷問かと思っていたのですが、好みを聞いて安心しました。ここは全て私に任せてください！　恋愛小説ならたくさん読んでますから！」

「あー、盛り上がっているとこ悪いんだが。ダクネスはちょっとヤバすぎ……」

「本だけじゃなくて、実際の恋愛事情にも興味があったので頑張りますよ！　バニルさんの時は特殊だったので、今度こそは！」

　ダメだこいつ。人の話を聞く気がない。

　そういやバニルの旦那の恋愛騒動でも、一人で盛り上がっていたな。

　んー、……ダクネスに関しては性癖に目を瞑ればいいだけの話か。

貴族なんぞと深い関係になったら、後々ややこしいだけだが、惚れるだけ惚れさせて貢がせる。これでいくか！

4

あれから二日後。ゆんゆんから喫茶店に呼び出され向かってみると、一人ではなく仮面をつけたタキシードの男——バニルの旦那と一緒にいた。

バニルの旦那は魔界の公爵らしく、強大な力を持った悪魔だ。ちょっとした縁があって、俺とゆんゆんとバニルの旦那は何かと一緒にいることが多い。

そのきっかけというのは、旦那の働いている魔道具店が赤字になり、冒険者ギルドで金儲けをする話だったんだが、何故かゆんゆんの友達を探すことになった。

それから紆余曲折あったが、こいつのぼっちは少しだけ解消されて今に至る。

にしても、なんで旦那がこんな場所にいるんだ？

「遅いですよ！　昼前だって言ったのに、もうとっくにお昼過ぎているじゃないですか！　あっ、すみません！　注文はもう少しだけ後で」

ウエイトレスに何度も頭を下げているゆんゆん。どうやら俺が来るまで結構待たせていたようで、ウエイトレスが一瞬だけ不機嫌な顔になり奥へと引っ込んだ。

「俺に約束を守らそうなんて十年早えっ！」

「なんで遅刻した方が威張っているんですか！」

「相変わらず、見事なまでのクズである。良質な悪感情が味わえる未来が見えたので話に乗ったのだが、我輩を待たせるとは」

「すまねえ、旦那。こいつはどうでもいいんだが、旦那がいるって知らなかったからよ」

「友達という言葉に過剰反応する紅魔族の娘が、我輩の店で熱心に本を読んでいるのでな。未来を覗いてみたのだが、面白いことになりそうだったので同行した」

「こいつはどうでもいいって、どういうことですか！　はぁ、もういいです。そんなことより、ダクネスさんを口説く方法なのですが」

「ダクネスを口説く……何言ってんだ？」

ったく、寝起きだってのにわけの分からんことを言いやがって。

なんで俺があんな超ド級のマゾ女を相手にするんだよ。

「ほ、本気で忘れてませんか……。その頭には、ところてんスライムでも詰まっているんですか？　ダストさんから欲を奪ったら何が残るんです？」

肩を怒らせていたかと思ったら、急に同情するような視線を向けてきた。

「んあっ？　人なんてもんは欲のために生きてんだろうが。仕事が命だなんてのたまっているヤツがたまにいやがるが、頭がどっかいかれてんだよ。自分の欲を満たすためだけに生きる。遊ぶ金欲しさに働く、これが人ってもんだ！」

そう、清廉潔白に生きてもろくなことがない。自分の人生を思う存分楽しまなくてどうするんだ。誰でもない、てめえの一生だぞ。

「そこまで断言されると、清々しいですね。ダメな人間の考えだと分かっているのに、少し心が揺らぎました……」

「悪魔としては好ましい人間だ。素晴らしいぞ、その退廃的な発想！　つまり楽しく生きたいと言っているだけなのだが、正論のように誤魔化す言い回しは見事だ」

「お褒めにあずかり光栄だぜ、旦那」

あれっ、ちょっと待てよ。悪魔である旦那から褒められた事を、素直に喜んでいいのか？　人として間違っている気もするが、今は気にしないでおこう。

「って、そんなことはどうでもいいんです！　私を無理に協力させておいて、当の本人が忘れてどうするんですか」

「あー、そんな話したな。昨日、カズマをおだてて酒にありつけたから、すっかり忘れちまっていたぜ」

「カズマさんって国家予算並みの借金がありましたよね？　そんな人に、奢らせたんですか……」

「おうとも。俺とカズマは親友だからな！」

「そんなの親友じゃないです！　ただの悪友ですよ……」

ゆんゆんが頭を抱え、ため息を吐いている。

分かってないなこいつは。悪友ってのは親友と同意語みたいなものだ。

「どうしたお疲れ気味か。夜頑張りすぎたんじゃねえか？」

「な、な、何言っているんですか!?　お、女の子に何てことをっ！」

「おいおい、何を勘違いしているんだ。夜に読書頑張りすぎて夜更かしでもして、疲れてんじゃないかと心配しただけなんだけどな？　なあなあ、何と勘違いしたのかその可愛らしいお口で、ちゃーんと教えてくれよー」

「セ、セクハラですよっ！」

ゆんゆんが大袈裟にセクハラなんて言ってるが、女性に対する挨拶みたいなものだろ。受け付けのルナに似たようなことを言ったら、一週間ほど仕事を回してくれなくなったけど。

あいつには恋やら男関係の話題は禁句なんだよな。仕事が忙しくて男っ気が全くないらしい。結婚という言葉に過剰反応するから、ルナの前では絶対に口にしない。というのが冒険者達の間で暗黙の了解だったりする。

「うむ、素晴らしい悪感情である！　お主らといると食には困らぬようだ。ちなみにいざという時に踏み込めないチキンな冒険者は、既に借金を返し終わり裕福であるぞ」

なんだかんだで上手くやってるよな、カズマは。

新しい発明を旦那に売って儲けているそうだが、商売人としての手腕はあやかりたいところだ。

「話を戻しますよ。最近の恋愛観を知るために改めて勉強しました。これを見てください。私の愛読書の一部なのですが、最近流行っている恋愛小説です」

机の隅の方にまとめて置かれていた小説を、俺の前に並べる。

いつも一人でいるだけあって、本に関しては本当に詳しいようだ。

『貴殿の名前は』『魔界の中心で義兄を避ける』『君とキツを食べたい』みょうちくりんな題名ばっかだな。

「この作品は全て作者が同じで、遠い異国からやってきた方だそうですよ。恋愛小説が得意で、生前よく、この作品は私のオリジナルで誰かの作品を真似たものじゃない！　と独自性を強調していたそうです」

「んな話はどうでもいいんだけどよ、これがどうしたんだ」

「これは若い女性の間で大人気な恋愛小説です。つまり、これには女性が求めている理想の恋愛が描かれているというわけです」

「なるほど。俺はこういうのからっきしだからな」

「ふむ、人間の恋愛となると我輩も管轄外だ」

「ですよね。二人が恋愛に関して当てにならないのは、ルナさんとの一件で把握しています。そこで、これを参考にして女性がキュンとする場面を考えてみました。それがこれです！」

　ゆんゆんが事前に用意していた紙を机に叩きつけた。

　そこには文字がびっしりと書き込まれている。渋々引き受けたクセに、やたらとやる気になってないか。

「まずは簡単なものからいきましょう。壁ドンです！」

「おっ、それなら知ってるぜ。相手を脅す時によくやるからよ」

「腕力の強さを示し、オスとしての魅力を見せつける手段であるか」

　酒場で気の弱そうなヤツを強請る時の常套手段だ。壁際に追い詰めて、壁を力強く叩くと相手が面白いぐらいにビビる。

「違います。やり方は似ていますが、そういうのとは違うんです。ダストさんと違って、いつもはバニルさんって頼りがいあるのに、恋愛絡みになるとダメダメですよね。ええと、壁際にいる女性の正面に立って、頭の横あたりの壁に手をドンと突く行為です」

「……同じじゃねえか？　こんなことされて、何が嬉しいんだ。あーっ、ダクネスはアレだから喜ぶかもしんねえな」

「あの特殊性癖の娘は喜ぶであろうな。むしろ壁ではなく本体を殴った方がよいのではないか？」

「ダメですよ、そんな事をしたら！　後はですね、定番ですがピンチの時に颯爽と現れ、助けられるというのもありですよ。そういうのって憧れますからね！」

「それなら、キース達に手伝わせて、ダクネスを襲わせるか。……でもよ、ピンチになったらあいつ、喜ばねえか？」

「うむ。悪感情よりも喜びの感情を得ることになるであろう」

ダクネスを観察していたから確信がある。旦那も同意見のようだから間違いはないだろう。

「そ、そうなんですか？　じゃあ、これは保留と。他にはプレゼントとかどうでしょうか。もらって嬉しくない人なんていませんから」

プレゼントか。人からもらうのは好きだが、やるのは大っ嫌いなんだがな。でもまあ、効果的なのは分かる。ダクネスが喜ぶようなプレゼントねぇ。

「お前さんは、プレゼントをもらうとしたら何が嬉しいんだ？」

「私ですか……そうですね、可愛らしい花とか、お、お友達になってくれるだけでも」

前半はともかく後半が……。最近は俺や旦那のように話せる人が増えてきたようだが、それでも圧倒的に友達の数は少ない。

「ちなみに旦那は、プレゼントは何がいいと思う？」

「ムチやロウソクや荒縄がよいのではないか。もしくは三角柱も喜ばれるであろう」

「えっ、そんなものをもらって、どうするんです？」

ゆんゆんが小首を傾げているが、詳しく説明する気にはなれない。

もう旦那の案でもいい気がするが、渡した途端に斬りかかられそうだ。

しかし、プレゼントか。そもそもダクネスってマジで何が好きなんだ？

「好みが分かれれば楽なんだがな」

「ダクネスさんの好きなものですか。仲のいい人に聞いてみるのは？」

「そうだな、カズマ達に聞いてみっか。あいつらなら、一つや二つ好きなものぐらい知っているだろ」

「我輩は傍観させてもらうことにする。その方が面白い未来が訪れると、全てを見通す大悪魔であるバニルが宣言しよう！」

「バニルさんの発言が気になりますけど……。私も情報を収集してみますので、頑張りましょう！」

俺よりやる気になってないか。なんだかんだ言っても、やっぱり女は色恋沙汰には興味が湧くようだ。

ちょっとは俺も頑張ってみるとしますか。

「あの、いい加減注文してもらえませんか？　あと、もう少しお静かに」

俺達の会話に割り込んできたのは、こめかみをピクピクさせながら怒りを抑え、営業スマイルを浮かべているウエイトレスだった。

そういや、ここは喫茶店だったか。話に夢中ですっかり忘れていたぜ。

「す、すみません！　ええと、オススメを三人分もらえますか」

「何言ってんだ。適当に頼むんじゃねえよ。奢りなら食ってやってもいいが、それならもっとマシな店で酒でも飲もうぜ。ちなみに払えって言われても、金はないからな」

「我輩も無能店主のおかげで貧困でな。無駄な出費をする気はない。原価率を考えるのであれば洒落たぼったくりの店より、材料を買って家で作った方がかなりお得である」

俺とバニルの旦那が正直に思ったことを口にすると、ウエイトレスの顔面に血管が浮かび上がった。すうーっと大きく息を吸い込むと、じっとこっちを睨んだまま口を開く。

「お帰りください！」

5

数日後。作戦会議を開くこととなった。

前に利用した喫茶店には「もう行けません……」と、ゆんゆんが乗り気じゃなかったので、仕方なくタダで利用できる馴染みの場所——雑貨屋の前に集合する。

バニルの旦那は店主の折檻に忙しいから後で合流するそうだ。

「それでまだ途中経過ですけど、物欲は殆どないみたいです。めぐみんに聞いたから間違いないですよ。欲しい物は『しいて言うなら武具かな』って言ってました。でもそれも、魔王軍幹部討伐の報酬で新しい鎧を受け取ったので、効果は薄いと思います」

「へー、そうなのか」

ゆんゆんはクソ真面目だな。他人事なのに、えらく真剣に調べてくれたようだ。

いつもぼっちのせいで人に頼られるのが心地いいらしく、嬉々として情報収集の結果を発表している。

「あとは、本名のラランティーナで呼ばれることを嫌っているみたいです。なので、間違えても本名で呼ばないようにしてくださいね」

「へー、ひょうひゃひょひゃ」

「おい、ダスト。俺の弁当のおかず食ってんじゃねえ！」

「ケチ臭えオッサンだな。いいじゃねえかよ。俺は昨日からなんも食ってねえんだぞ！」

ったく、おかずを奪われたぐらいで大人気ないぞ。飢えた若者がいれば、進んで飯を差し出せるような立派なオッサンになって欲しいもんだ。

「物で気を引くのは無理かもしれませんので、花束ぐらいが妥当かもしれませんよ。お花を貰って嬉しくない女の子はいませんから」

「ふーん、っと、それもいただきだっ！」

「けっ、やるわけねえだろ」

くそ、予想外に機敏な動きでおかずを守った。雑貨屋の狭い店内なのに躱すとは。

ならば、俺も冒険で磨いたテクニックを見せつけてやるか。レベルの差を思い知るがいいぜ。

おかず狙いの連撃を弁当箱に向けて放つ。だが、オッサンはそれを予期していたようで、軽く後方にステップをすると間合いを広げてきた。

「万引き犯やクレーマーと、日夜戦い続けている俺の実力を侮るなよ」

「やるじゃねえか、オッサン。なら俺も本気を出すしかねえな」

弁当を死守するつもりのオッサンへ、じりじりと間合いを詰める。

このオッサン隙の無い動きをしている。もしかして、元冒険者なのか？

「何してるんですか！　真面目に人の話聞いてます？」

「見て分かんねえか。今忙しいんだ、後にしてくれ」

「毎回毎回、人の店でたむろってんじゃないぞ。お前にくれてやる食いもんなんて、米の一粒もない！」

オッサンがそう言い放つと、俺の目の前で弁当の残りを流し込んだ！

「てめえっ！　俺の貴重なエネルギー源が！」

「ふざけるな、これは全て俺のもんだ。てか、お嬢ちゃん。こんなチンピラと仲良くしていたら、人生棒に振るだけだ。金輪際、ダストに近寄ったらダメだよ」

オッサンが背筋がぞわぞわするような似合わない優しい顔をして、ゆんゆんの肩に手をやった。……セクハラだぞ。

「し、心配してくださってありがとうございます。でも、あの、一応、仮にも、名目上は友達なので」

「ダスト……前からクズだとは思っていたが、どんだけ非道な事をして……」

震える指先を俺に突き付け、今まで一度も見たことのない冷めた目でこっちを見ている。

完全に誤解しているな。

「おいおい、勘違いするなよ。こいつがぼっちで寂しそうだったから、友達になってやっただけだぜ！」

「お嬢ちゃん。こいつはクズの見本市みたいなヤツだ。近づいただけで、知らぬ間にダスト菌が移って、精神がただれてくるから気を付けるんだよ」

「よーし、オッサン表に出ろや。その腐った性根叩き直してやるぜ！」

「俺が腐っているなら、お前は腐り果てて土に還ってねえとおかしいよなぁ？」

オッサンと額をぶつけゴリゴリやっていると、ゆんゆんが割り込んできた。踏ん張って俺達を引き剝がそうとしている。

「もう、そこまでにしてください！」

「命拾いしたな、オッサン。こいつの顔に免じて、今日はこれぐらいにしておいてやる」

「それはこっちのセリフだ。おととい来やがれ！　お嬢ちゃんが一人で来るなら歓迎するよ」

あっちにいけと手を振るオッサンに中指を立てた拳を突き返すと、ゆんゆんが腕を掴み引っ張るので、渋々だが雑貨屋から離れることにした。

大通りを進んでいる最中にふと振り返ると、ゆんゆんの頬がリスの頬袋のように膨らんでいた。食い物でも頬に隠してるのか？

「もう、なんでダストさんは行く先々で問題を起こすんですか！」

「起こしているわけじゃねえよ、勝手に騒動になるだけだ」

「自覚してないだなんて、末期なんですね……」

菌やら末期やら好き勝手言ってくれるじゃねえか。俺に協力していなかったら、折檻しているところだぜ。

あーでも、ガキだからなこいつ。発育は立派だが俺はカズマと違ってロリコンじゃない。

「あの、今失礼な事を考えませんでしたか？」

「気にすんな。んで、なんだったか」

「だから、ダクネスさんについて新たに分かったことはありませんか？　調べていたのですよね？」

「あー、それか。カズマをおだててたかるのに忙しくてよ、すっかり忘れていたぜ」

「また、カズマさんに奢らせたのですか……」

「あいつらおだてに弱いからな。ちょろっと儲けると簡単に奢ってくれんだよ。持つべきものは金払いのいいダチだぜ」

「もう、そこは突っ込む気力もないです。ダストさんは当てにしたらダメだってことを、いい加減学びました」

肩を落としてそんなに落ち込むなよ。それじゃ、まるで俺がダメ人間みたいじゃないか。細かいことを気にしないで、もっと大らかに生きられないものかね。

「おや、悪感情を得られるタイミングを逃してしまったか」

「おっ、旦那。もう用事はいいのか？」

今日も人の目を引く格好をしているな。

タキシードに白手袋は似合っているが、仮面というのがまず怪しい。それに加えて今日はピンクのエプロンを着けたままだ。

本来なら奇異の目で見られる格好なのだが、この街の住民は見慣れてしまっているので誰も気にしていない。

「バニル式殺人光線でこんがり焼いてきたので、問題はない」

「あの程度で死ぬなら、我輩はこんなにも苦労しておらぬ」

そういや魔道具店の店主は美人だがポンコツらしいな。バニルの旦那が稼いだ金を無駄金に変える特技があるらしい。大悪魔なのに旦那も苦労してんだな。

三人でとりとめのない話をしながら歩いていると、気が付けば裏路地に入り込んでいた。

こういう場所は絡んできたチンピラをボコるのに向いているし、たまに捨てられたごみの中に拾い物があるから、よく足を運ぶ。無意識のうちに来てしまっていたか。

「はっ！　私を裏路地に連れ込んでどうするつもりですか。まさか友達になったからって、無理やり私の体をっ！　私はそんなにちょろくないですからねっ！」

ゆんゆんが怯えた顔をして、自分の体を守るように抱きしめている。

「ふざけんなよ。色気もねえクソガキになんか手を出さねえよ！」

「あーっ！　クソガキって言った！　めぐみんよりは立派に育っているんですからね、訂正してください！」

「面倒くせえクソガキだなっ！　旦那からも何か言ってやってくれよ！」

俺が話を振るとバニルの旦那は小首を傾げ、顎に手を当てて何やら考え込んでいる。

パンッと手を打ち合わせると、何度か頷いてから口を開いた。

「ふむ。恋愛に関して親友にぶっちぎりで引き離されて焦っている娘よ。汝の友は最近かなりいいところまで進んでおるぞ」

「う、嘘ですよね!?　えっ、いいところってどこまでですかっ!?」

「マジか旦那！　カズマの野郎、俺よりも先のステージに進む気なのかっ!?」

思わず俺とゆんゆんが詰め寄ると旦那はニヤリと口元に笑みを浮かべた。

　この流れは……。

「悪感情、実に美味である。心配せずとも肝心なところでヘタレるあの男では、直ぐにどうこうという展開にはなるまい」

「よ、よかったー。キ、キスとかしたら、絶対に自慢してくるもん」

「お前、キスの心配って……」

「これが狙ってやっているのであれば非難の対象であろうが、本気で言っているのが信じられぬ」

「えっ、えっ？　何か変な事を言いました？」

「お子ちゃまは放っておいて、カズマ達の進展具合を詳――」

「な、何をする貴様らっ！」

突然、裏路地に女の声が響いた。

悲鳴というよりも罵倒といった感じだが、若い女の声だ。

「今のは、向こうから聞こえましたよ！」

「そうかっ！」

俺は声の聞こえた方へ迷わず駆けだす。背後からバニルの旦那とゆんゆんも追いかけてきている。

「意外ですね。ダストさんが一瞬のためらいもなく助けに行くなんて」

「うむ、面倒ごとは無視するかと思っていたのだが」

「あんたらが俺をどう思っているのか今度じっくり聞くとして、当たり前だろ。こんな場所なんだぜ？　チンピラにからまれたか痴漢か、どっちにしろ犯罪行為に間違いねえ。助けりゃ、女から謝礼がもらえ、上手くやればナンパだってできる。のしたチンピラ達からも金品巻き上げりゃ、一挙両得だろうが」

「う、うわぁ……」

「悪魔としては大変好ましい、理想的なチンピラである」

裏路地の曲がり角から飛び出さずに身を潜め、そっと声のした方を覗き見る。

女一人を数人で取り囲む覆面を被った連中がいた。短剣を構えたのが二人に槍が一人か。襲われているらしい女は武器も鎧もない状態で、怯えた顔で……怯えた……おい、喜んでるぞ。めっちゃ嬉しそうだ。

……なんで、こんな場所にダクネスがいるんだ？

「た、助けに行かな……」

「しっ、ちょっと様子を見るぞ」

「助けに行くのは無粋であるな。我輩は見物させてもらうとしよう」

追いついてきたゆんゆんの口を押さえて黙らせる。

相手の人数が多すぎる。怪我もしてないようだから、焦って飛び出す必要はないだろう。

バニルの旦那ならあの程度の相手、軽く蹴散らしてくれそうだが、戦う気はないようだからな。大悪魔であるバニルの旦那は気分次第で行動が変わるから、当てにしすぎると痛い目を見そうだ。

誰もこっちには気づいてないようなので、聞き耳を立てて状況を見守ることにした。

「何のつもりだ！」

「あなたはララティーナ様ですね？」

「私の事を知った上での狼藉かっ！　いったい、何が目的だっ！」

「さて、それは御父上にでも後でお聞きください。……無事再会したいのであれば、大人しくついてきてもらえますね？」

これは、思ったよりも大事になりそうな話だ。ダクネスがダスティネス家の令嬢と知って襲ったってことは権力争いや、身の代金目当ての流れか。

「……面倒くせぇ」

「えっ、今なんて？」

　おっと、つい本音が漏れた。貴族のいざこざは経験上できるだけ関わりたくないんだが、見過ごすわけにもいかないよな。

「私を捕まえてどうするつもりだ！」

「ふふふっ、それはあなた次第ですよ」

「まさか、父を脅す材料として危害を加えないと言いながら、無理やり服を切り裂き、その一部始終を写真に収めるつもりかっ！」

「……はっ？」

「更に裸同然の格好で首に荒縄を巻き、逃げられぬようにしてから大衆の面前に晒し、四つん這いでアクセルの街をぐるっと一周させるつもりではないだろうなっ！　なんという下劣な発想だっ！」

「……えっ？」

　覆面で顔が見えねえってのに、動揺しているのがこっちにまで伝わってくるぞ。かわいそうに。どうしていいか分からず、あたふたしているじゃないか。

　まさか連れ去る予定の令嬢がこんなのとは思わないよな。

「これは、助けに入った方がいいのでしょうか？」

「どう……だろうな」

「最近腹筋を気にしているクルセイダーの娘からは、喜びの感情しか感じぬぞ」

戸惑っているゆんゆんと同じ気持ちだ。それにバニルの旦那の見立てを信じるなら、助けに入るのは余計なお世話だよな……。

だが当人の性癖はさておき、危険な状態であるのは確かだ。

誘拐事件を見逃したら大騒動になる。それにカズマにはいつも奢ってもらっている借りがある。ここで見捨てるのはさすがに……ない。

「こんな汚らしい路地で、素性も分からぬ男達にいいようにされてしまうのかっ！　はあはぁ……だが、騎士としてそう簡単に屈服させられるわけにはいかないっ！」

後半部分の説得力のなさが半端ない。

瞳を期待に輝かせ、今にも涎が零れそうなぐらい口元が緩んでいるダクネスを見ていると……助けに行く気が失せていく。

覆面の連中も取り扱いに困っているな。袋小路に追い詰められている方が両腕を広げ前進すると、覆面が後退る。

こういうのは一進一退の攻防と言っていいのか？

もう放っておいてもいい気がしたが、ダクネスにいいところを見せるという当初の目的を思い出してしまった。

「さあ、どうした！　お前達はその程度なのかっ！　か弱い乙女が無防備な姿でいるのだぞ、襲い掛かるのが礼儀だろうが！　悪党のプライドを見せてみろっ！」

どこのどいつが、か弱い乙女なんだよ。

「おい、こいつ本当に貴族の令嬢なのか？」

「渡された写真と顔は同じだが……。そっくりさんという可能性も……」

覆面達が疑心暗鬼になっている。しかし、ダクネスの変態っぷりを甘く見ていた。あれと付き合うなんて狂気の沙汰だ。

「なんだ、武器もない女に怖気づくのか！　まさか、無抵抗なことを体で示せ、と自らの手で一枚一枚服を脱がせるつもりでは！　まずは上着なのかっ！　それとも靴からかっ！」

それをやってくれるなら、助けるのはもう少し待つぞ。

「いや、そういうの興味がないので」

「そんな熟れ過ぎた肢体を見てもな？」

「ですよね」

何だあいつら。急に冷静になって。

盛り上がっていたダクネスも相手の態度に戸惑い、妄想を吐き出すのをやめている。

互いに見つめ合ったまま、妙な空気が流れている。

「もう、帰ってもいいと思うんだが」

「ふむ。どうやらこれ以上は面白い展開にはならぬようだな。あの男達からは微妙に悪感情を感じる。これは……不快の感情であるか」

「えっと、一応、乙女のピンチなのですから。誘拐はまずいですよ」

そうだな……。特殊プレイは見逃してもいいが、誘拐はいただけない。今なら不意をついて二人はやれるか。

「俺が飛び出すから、万が一ヤバくなったら助けてくれ」

「はい、それはいいですけど……。私が魔法で蹴散らした方が早くないですか？」

「それじゃ俺がダクネスに恩を売れねえだろ。ヤバそうになってもギリギリのタイミングで頼むぞ。旦那はどうする？」

「手を出すのは無粋であろう？　傍観させてもらうとしよう」

旦那が手を出さないのは予想済み。

覆面がにじり寄るダクネスに気を取られている隙に飛び出し、背を向けた状態の二人を鞘付きの剣で殴り倒した。

「なっ、貴様いつの間に！」

「ダストではないか！」

「おう、助けに来てやったぜ」

「……もう少しあとでも……」

驚く二人に軽く手を振る。ダクネスの呟きが聞こえたが、予想通りだったのでスルーだ。

覆面はダクネスを無視して俺に槍の矛先を向ける。

長槍か。狭い路地ではその長さが邪魔となり扱いづらいと思われがちだが、突きを主体にされると避けるスペースがないから近寄れない。……と考えるよな、槍使いなら。

「邪魔をするなら、この槍で貫くぞっ！」

構えが堂に入っている。腕には自信があるってことか。

そんな相手に俺は鞘付きの剣を肩に担いだまま、無造作に進む。

「死にたいようだなっ！　はあああっ！」

裂ぱくの気合いと共に突き出された矛先を、鞘で払い軌道を逸らした。

残念だったな。お前さんの武器が槍じゃなかったら仕留められた可能性も、ちょっとはあったかもしれないのになっ！

覆面が邪魔で表情は分からないが、おそらく驚いたまま硬直しているであろう、その眉間を目がけ――。

「親方っ！」

背後から迫る風を切る音に反応して、体が勝手に横に跳んだ。

俺の脇腹をかすめた矢が地面に突き刺さる。

振り返った先には、別の通路から現れた新たな覆面が三人いたっ！

「よく来たな。おめえら、そいつを畳んじまえ！」

「こりゃ、やべえな。変な正義感出すんじゃなかったぜ」

正面からこの数を相手にするのはきっついな。バックレたいが、挟み撃ちの状態だから逃げる場所もない。

それに気のせいかもしれないが、どこからか殺気を孕んだ視線を感じる。腕の立つ仲間が他にいるのか……。

ゆんゆんに助けを求めるか？　そうすると、手柄を全部持っていかれそうだが。

「格好つけて出てきたようだが、残念だったなぁ」

あの覆面の下は満面の笑みなんだろうな。そのムカつく声を聞くだけで、喜んでいる顔が透けて見える。

さーてと、どうするか。ここで機転が利くところを見せつけて株を更に上げられるか？

「ふぅー。お前ら尻尾を巻いて逃げるなら、見逃してやるぜ」

「はっ、この状況が分かっていねえのか。不意打ちで倒された二人もそろそろ……いい加減起きやがれ！」

「くうっ、やりやがったな……」

倒した二人が復活した。六対一は分が悪いなんてもんじゃない。これは無理だ。

路地の角から覗き込んでいるゆんゆんに、ちらっと視線を飛ばして助けてくれと合図を送ったが、呑気に手を振って応援している。

こいつちっとも分かってないな！　こんな風に空気が読めないから友達いないんじゃないのか!?

ああクソ！　旦那もクソガキも当てにならないとなったら、自力で何とかするしかない。

「もういい。お前だけでも逃げるんだ！　このセリフを言ってみたかったのだが。うむ、悪くない！」

喜んでいるところ悪いなダクネス。逃げるのも無理っぽいぜ。なら、ここでやるべきことは一つ！

「俺を誰だと思ってんだ。魔王軍の幹部を倒し、あのデストロイヤーを破壊した立役者……カズマだぜ！」

ハッタリで押し切る！　悪いなカズマ。今はその名を借りるぞ。

「お頭、聞いたことがあります。魔王軍の幹部の一人、デュラハンのベルディアを倒した冒険者がいるって話を」

どよめきが広がる。やっぱ、こいつらこの街の人間じゃねえな。チンピラ達にも顔が利く俺を見て何の反応もしなかったってことは、外から来たってことだ。

なら、カズマの武勇伝を利用してハッタリをかませば。

「ちょっと待て。さっき、そこのラティーナ嬢にダストと呼ばれていなかったか？」

「……キノセイジャナイカナ」

「いいや、この耳でちゃんと聞いたぞ」

しまったああっ!!　そういや、ダクネスが俺の名前呼んでたな。くそっ、やっちまった！

「っていうのは、嘘でー」

「それが通用すると思うのか？　もういい、さっさと始末しろ」

こりゃマジヤバじゃねえか。逃げ道は、逃げる方法はねえのかっ！

「こっちです！　お巡りさんこっちですよっ！　ここに暴漢がいます！」

「何っ、暴漢だとっ！」

路地裏に響く女と警察官の声に反応して、ヤツらが振り返る。

天の助けか！　あれはゆんゆんの声だよな。あいつが魔法で助けに入るより、この展開の方が俺の活躍が引き立つ。分かってるじゃないか。

ゆんゆんが裏路地から飛び出してきて、後方には警官が三人並んで駆け寄ってくる。

「ちっ、撤退だ！　とっととずらかるぞ！」

尻を向けて裏路地の小道に逃げ込んでいく覆面達は、警察に任せるとするか。追って危険な目に遭う必要はないよな。

あのヤバイ視線も感じなくなったし、もう気を抜いても大丈夫か。

「くはぁー。疲れたー、慣れねえことはするもんじゃねえな」

「ダスト。もう少し放置してくれても良かったのだが助かった、感謝する。カズマとバカなことをしているイメージしかなかったのだが、意外といいところがあるのだな」

「意外が余計だが、いいってことよ」

こいつは貴族のくせにちゃんと頭を下げて礼を言えるのか。他の貴族達にも見習ってほしいところだ。

「ダストさーん。大丈夫でしたか！」

ゆんゆんが全力で駆け寄ってくる。タイミングはギリギリだったが礼は言っておくか。

「お前さんが、警察を連れてきてくれたおかげで助かったぜ」

「あっ、あれ嘘です。警察は呼んでませんよ」

「いや、そこに警官が三人いるじゃねえか？」

制服を着た三人が並んで整列している。何処からどう見ても警官だ。

「あっ、これはバニルさんです」

「警察官に化けた我輩である」

真ん中の警察官の声は確かにバニルの旦那だが、残りの二体は？

そっくりな両隣の二人は誰だって話だ。

「そして、コレは我輩の脱皮した抜け殻である。手足を細い棒で繋げてあるので、このように同じ動きが可能となっておる」

真ん中の警官に化けた旦那が手を上げると、隣の二体も同じように手を上げている。……

…案外器用だよな。

「助かったぜ、旦那」

「お主のような悪感情を引き出すことに長けた人間に死なれると、我輩も困るのでな」

「へへっ、そんなに褒められたら照れるじゃねえか」

「褒め……てるのかな……」

小首を傾げているゆんゆんは無視して、ヤツらが逃げた方を確認する。

路地の陰から人が出てくる気配はない。嫌な視線も消えているな。

なんにせよこれにて一件落着か。はぁーっ、無駄働きになってしまったが仕方ない。あっと、助けた謝礼ぐらいもらえるか？

「おい、ダクネス。助けてやった礼に――」

「ダストさんと付き合ってもらえませんかっ！」

あんぐりと大口を開けたダクネスが目の前にいる。

俺もたぶん、同じ顔しているんだろうな。……何を言いやがった、このクソガキは？

「ど、どういうことだ、ゆんゆん。それにバニルもいたのか？」

変身を解いたバニルを見て、ダクネスが目を見開いている。

「実は、ダストさんは前からダクネスさんのことが好きで、今日も告白するチャンスをうかがっていたのです。そこで偶然この現場を目撃しまして」

おい、おい、おい、おおおおおいっ⁉　こいつ、まだ俺がダクネスをナンパするつもりでいると勘違いしてるのか！　待て待て、正直もう関わりたくないぞ。

「えっ、そうだったのか……。私をそんな目で見ていたのか」

体をくねくねさせながら照れんな！　チラチラ、こっちを見てんじゃねえ。

クソガキも「やってやりましたよ！」と言わんばかりに親指立ててドヤ顔するな！

「き、気持ちは嬉しいのだが。私には気になる……い、いや違う！　カズマ達が心配でな。私がいないと、何をしでかすか分からぬ。だから、今は恋愛をしている場合ではないのだ」

なんで、告白したわけでもないのにフラれてんだ、俺……。

「次がありますよ！　頑張りましょう！」

おい、やめろ。励ますな。本当に俺が玉砕したみたいだろ！

お前も申し訳なさそうに俺を見るなっ！　やめろっ！

「あれだ。私は別だが女性にモテたいのであれば、もう少し日頃の行いをだな」

なんで、変態に上から目線でアドバイスされてんだ。

「そうですよ。もう少し身だしなみとお金にだらしないところを」

勝手に暴走したゆんゆんまで調子に乗ってきた。

「フーッハハハハ！　ここまで滑稽な展開になるとは！」

「旦那、喜びすぎだ！」

あ——っ！　だんだん腹立ってきたぞ！

「ふっざけんなよっ！　お前みたいな腹が割れてそうなマッチョの変態なんぞ、好きになるかっ！　てめえも恋愛話ができるダチもいねえくせに、一丁前に色恋語るんじゃねえよっ！　本の受け売りだろうが全部！」

不満を爆発させたら、すっとした。あーやっぱり、ストレスは溜め込むべきじゃないな。こいつらも俺の怒りに気圧されて、萎縮して黙り込んだか。

「おい、もう一度言ってみろ。誰の腹が割れているだと……」

「恋愛……友達……」

「ちょ、ちょっと、言い過ぎちまった。落ち着け、落ち着いて、その拾った短剣を置こうじゃねえか。街中で魔法をぶっ放すと色々問題があるぞ？　ほら、言葉のあやってあるだろ？　ここは平和に話し合いで——」

「ぶっ殺してやる！」

「こ、こ、コイバナをする友達ぐらいいます！」

「実に美味な悪感情である！」

涙目で杖と武器を振り回す二人から逃げ切るのに必死で、俺は半日を無駄にすることになった。

第五章 あの夢魔と敵対勢力

1

「いいか、ただ露出度を上げればいいってもんじゃねえ。大事なのは恥じらいだ」

「恥じらいですか？　ですが、男は裸が好きなのではないでしょうか」

「確かに裸は嫌いじゃねえ。だが、それに至るまでの過程が重要なんだ。それに、隠された部分があるってのは期待度も高まり、興奮が増すエロのスパイスになる。脱ぐにしても、もったいつけるのを忘れるな。自分から脱ぐんじゃなく相手に脱がせるってのも、ポイントが高いいぜ」

「勉強になります！」

俺のアドバイスに熱心に耳を傾け、メモまで取っているロリサキュバス。

勉強熱心で結構だ。まだまだエロい演出に未熟な部分が目立つが、俺が指導すればいずれは超一流のサキュバスになれるはずだ。

「お前ら、いい加減にしろよ……。店の前で猥談なんてしてんじゃねえぞ！」

雑貨屋のオッサンが頭を茹でダコにして怒鳴っている。相変わらず、度量の小さいオッサンだぜ。

「しゃーねーだろ。あの店、今は入れないんだからよ」

「ご迷惑をおかけしています」

オッサンになんか頭下げなくていいのにな。ロリサキュバスは妙なところで律儀だ。

「今度は別の子を騙してんのか。お嬢ちゃん、このクズと付き合っちゃダメだ。骨の髄までしゃぶりつくされて、挙げ句の果てには出汁まで取られちまうぞ」

「おうおう、毎回俺を悪者にしているが、こいつとは持ちつ持たれつの関係なんだよっ！あー、傷ついたなー。言いがかりをつけられて、繊細なハートが砕け散りそうだ！」

「けっ、砕けた後に鋼鉄で刃の生えた心臓が出てくんだろ？」

「お二人とも仲がいいですね」

「「仲良くねえよっ！」」

オッサンとハモった。

毎日、暇そうにしてあくび交じりに店番しているのを知ってるんだぞ。本当は暇つぶしができて嬉しいくせに。オッサンのくせにツンデレなのか？

「ったく、妙なこと言うんじゃねえよ。俺は奥に引っ込むが、とっとと帰れよ」

オッサンが消えたか。邪魔者がいなくなって清々する。

「オッサンがいなくなったから丁度いいな。お前に聞こうと思ってたんだが、なんでこの数日、店が閉まってんだ？」

何故かこの数日、サキュバスの店が休業している。俺も含めた冒険者の男達が欲求不満でそろそろヤバいんですが。

「そのことなのですが……この際、ダストさんでもいいです。なんとかしてもらえないでしょうか。お礼は弾みますので」

「おう？　厄介ごとか、任せとけ。チンピラ連中の問題なら顔が利くから、なんとかしてやんぞ」

「チンピラは関係ありません。それよりも厄介な団体が相手でして……」

そこまで話しておいて口を噤むと、こっちをじっと見ている。

この先を聞いたら引き返せませんよ？　と訴えかけてくる真剣な顔つきだ。

俺を甘く見るなよ。そんじょそこらの相手に怖気づくようなダスト様じゃない。

「おう、言ってみろや。どんなヤツらが相手でも、俺様に全てを託しな！」

「そこまでおっしゃってくださるなら、お話ししますね。その団体は女性のみで構成された恐るべき組織……『女性の婚期を守る会』です！」

「……はあ？」

予想もしていなかった名前に間の抜けた返答をしてしまった。

女性の……婚期を守る会？　婚期ってあれだよな、結婚に適した年齢ってやつだろ。

「女性の婚期を守る会？　とかいうところと、サキュバスの店に何の関係があるんだ」

「大ありなのですよ。このアクセルの街は冒険者の独身率が高いことをご存じですか？　それだけじゃなく、カップルの数も少ないのですよ」

「そうなのか……。言われてみれば、確かに身の回りの冒険者で既婚者や、恋人がいるヤツは殆どいねえな」

うちのメンバーも、テイラー、キース、リーンは独り身だ。周りの連中も浮いた話の一つも聞いたことがない。

冒険者ってのはそういうものかと思っていたが、いい歳こいたオッサン冒険者も独身ばかりな気が……。

「まあ、独身が多いってのは納得するが、だけどよ、それとサキュバスの店に何の関係があんだ」

「あのですね。アクセルは駆け出し冒険者が多く滞在している街です。そして男性冒険者の多くが我々の店をご利用していますよね。店では適正な金額と男性の精気をいただいています。ご利用された方は夢で理想の性生活が経験でき、性的欲求が収まるわけですよ」

「おう、そうだな。毎回世話になっているぜ」

「ご利用ありがとうございます。それで、男性冒険者の大半は性欲が満たされていますので、その……男性の方って性的欲求が減ると、女性に対してがっつかなくなるじゃないですか。その結果、積極的に彼女や伴侶を望む人が減ってしまっています。男性は私達のお店で発散できますが、女性達はそういうところがありません。恋人もできずに結婚適齢期を過ぎても独り身で、不満が溜まっていき……そういった女性達が集まり密かに設立されたのが、女性の婚期を守る会なのです」

「そんな組織が存在しているなんて、この街の裏事情に詳しい俺でも初耳だぞ」

「うちのお店が男性冒険者にしか広まっていないのと同じで、あちらも婚期が近い、もしくは過ぎてしまった独身女性のみが知る秘密組織らしいです」

　俺達が極秘にしているように、女達にも男には秘密にしていたことがあるということか。アクセルの街、侮れないいな。

「その女性の婚期を守る会が、うちの店が怪しいとの情報を摑んだらしく、店の周りを変装した関係者が常時うろつくようになったのですよ」

「厄介な連中に目をつけられちまったな」

「はい。ですが、お店では皆さんにアンケートを書いてもらうだけで、日頃は喫茶店を装っています。怪しい物は何もありませんので今までは誤魔化してこられたのですが……明日、お店に警察の査察が入ることになりまして、対策を練っている最中なのです」

「おいおい、穏やかじゃねえな。その団体がチクったってことか？」

俺がそう問いかけると、ロリサキュバスは渋面になった。

それは肯定なのか否定なのかどっちだ。

「私達も初めはそうなのかと思い、トップの人間を懐柔しようという話になりました」

「サキュバスに誘惑されちまったら、警察官だろうが速攻で堕ちるだろうからな。いい考えじゃねえか」

これを見逃せば今後は割り引きしてやるとでも言えば、ころっと態度を変えそうだが。

俺なら迷わず受け入れるけどな。

「それがですね……指揮を執っているのが女性の検察官で、尚且つ女性の婚期を守る会の会長らしいのです」

「マジか……？」

「大マジです。それでもサキュバスは、相手が女性であろうとチャームで支配することが可能なのですが、警察関係の人間で尚且つ女性の婚期を守る会の会長が急に態度を変えたら怪しまれますよね？　それもこのタイミングで。会員にはプリーストもいるそうなので、解呪されかねませんし」

エリス教もアクシズ教も悪魔を毛嫌いしている。万が一バレたら全力で潰しに来るぞ。

「その会長ってのはどんなヤツなんだ？」

「会長の名前は……セナというそうです」

ん？　……そいつ知ってるぞ。長い黒髪で胸だけはデカくて性格のきつい検察官か。

カズマの裁判で俺の事をチンピラ呼ばわりした、いけ好かない女だ。

「となると、トップの懐柔は無理か。でもよ、査察が入ったところで、別に構やしねえだろ。怪しい物なんて何もねーんだからよ」

「そうなのですが。セナ検察官はおそらく……嘘を看破する魔道具を持ってくると思うのですよ。アレを使われると」

「あのクソ魔道具か！　俺の言う事を全く信じねえで、警察が俺を取り調べる時に常備してやがるアレか！　チリンチリン毎回うっせえんだよ。……そりゃ、やべえな」

「はい……。そこで、何か妙案がないかとダストさんにもすがる思いで」

店内を調べられて困るものは何もないよな。アンケート用紙は処分するべきだが、夢を操っているだけだから物的証拠が出るわけがない。

最大の問題は……あの魔道具。アレの判定に警察の馬鹿どもは絶対の信頼を寄せている。

どうにか誤魔化す手段があればいいんだが。

「もし、上手くいった暁には謝礼の一つもあるんだよな？」

世話になっているとはいえ、慈善事業をする気はないからな。

「言うと思っていました。そうですね、お店のご利用を一週間無料にする、というのはどうでしょうか？」

「よっし、交渉成立だ！」

2

入念な打ち合わせをして、当日俺は客として店に来ている。

査察が入るという情報は警察内部からリークされた情報なのだが、バラしたのは元冒険者で今もサキュバスの店を愛用しているヤツだ。警察は事前に査察がバレているとは、夢にも思っていないだろう。

この店は今日だけ、悩みを持つ男性の愚痴や悩み事を聞いて、相談に乗ったりする占いの店ということになっている。表向きは喫茶店だが、裏で占いもやっているという設定だ。

嘘を吐く場合のコツは嘘の中に真実を混ぜることだ。そのことにより嘘が見抜かれにくくなる。夢を操作する部分を占いと入れ替えることで、話に信ぴょう性を持たせる作戦となっている。

サキュバス達は普通のウエイトレスの格好をして、普通の店員のように振る舞う。

客も俺一人だけじゃ怪しまれるので、ロリサキュバスが事前に常連の中から一人選び、客として少し離れた席に座っている。……のはいいが、何者だあいつ。

　仕立てのいい服を着ているのは、まだいい。気になるのは頭の——兜だ。頭と顔全体を覆い隠す兜の場違いさが凄まじい。

「おい、アレなんだ？」

　俺の正面に座りウエイトレスの格好をしたロリサキュバスに耳打ちする。

「常連のお一人ですよ。ダストさんが考えた作戦に必須な方です。ここだけの話なのですが、あの方は貴族なので素顔がバレるわけにはいかないのですよ」

「顔隠すにしても、もっとなんかあんだろ。それに、あの兜……俺が売っぱらったのに似てんだよな」

「どこにでもあるデザインじゃないですか？　私には武器防具の店でよく見かける兜にしか見えませんが」

　俺が被っていた兜もオンリーワンのデザインってわけじゃない。そこはどうでもいいか。だけど、顔を隠すにしてもどうして兜なんだ？　悪目立ちしてるぞ。

「さっき、作戦に必須って言ってたが、あの兜野郎がアレをどうにかできるやつを持ってんのか？」

「はい。嘘を看破する魔道具の判定を誤魔化し、反転させることが可能な魔道具を持っています。数も少なくかなりの高級魔道具らしいですよ。貴族達の間では大人気だそうです」

「はぁーっ、きったねえな。さすが、貴族様だぜ。あれで、悪事がバレないように対策しているってか」

あり得る話だ。貴族連中にとってもあの魔道具は厄介だからな。抜け道を用意していて当然だ。

「そんなこと言わないでください。今回、私達の作戦に快く協力してくださったのですから」

「そうだな。貴族はいけ好かねえ連中が多いが、手を貸してくれるなら話は別だ」

「協力していただけるのですから、何か裏があったとしても気にする必要はありません。ええ、気にしてはいけません」

気にするな、をやけに強調してくる。それじゃ、裏があるのかと勘ぐるぞ。

「……んっ、なんだ？」

視線を感じ振り向くと、兜野郎も俺が気になるのかじっとこっちを見ている。……表情が分からないのは不気味だ。

だが……目は見えないが、あの視線から感じる背筋がぞくぞくする妙な感覚はなんだ。

協力するのに値するか俺を値踏みしている？

「みんな、準備はいい？　警察が来たわっ！」

室内に飛び込んできたサキュバスの一言で、全員が持ち場に散った。

今日の方針は全員に伝えられている。ここからは、俺達がどうやって警察を化かすかだ。

3

「動かないでください！　警察です！」

扉を勢いよく開け放ち飛び込んできたのは、目つきの鋭い女性検察官セナだ。

なだれ込んできた警察官も女ばっかりだな。……女性警察官もなんかおかしくないか？　鬼気迫るというか目が血走っているぞ。

「……警察官にも、何人か女性の婚期を守る会の会員がいるそうです」

周りに聞こえないように囁くロリサキュバスの説明で納得がいった。セナと同じく切羽詰まった連中なのか。サキュバス達は戸惑うふりをしながらも、大人しく従っている……芝居が見事だ。やっぱり、連中は役者の才能があるな。

警察官の中に巨大な胸をして帽子を目深に被った女がいるが……顔は見えないのに、何故か気になる。他の誰よりも真剣に店内を探っている。どこかで見たことあるような……？

「証拠はまだ見つからないのですかっ！」

おうおう、セナが焦っている。たぶん、違法風俗店かなんかだと思っていたのだろうが、残念だったな。間違ってはいないが、証拠になるようなものは何もない。

「おかしいです！　冒険者の皆さんもここを利用しているのは間違いないはずです」

「ル……ごほんっ、その情報に偽りはありませんか？」

「ええ、男性冒険者の方々が秘密にしているお店で間違いありません。よく、ギルド内で話題にしていますからね。秘密厳守らしく、それ以上の事はどうやっても聞き出せませんでしたので、詳細は不明ですが」

デカい胸の警察官とセナが何やら相談している。

会話内容からして、あの警察官は冒険者ギルドの内情に詳しいようだが？　女性の婚期を守る会が、ギルドにまで手を伸ばしているとは。

さて、そろそろ声をかけて反応を見てみるか。

「おーい、俺達は帰っていいのか？」

「いいえ、参考人ですので……って、あなたは！　素行の悪さで何度も捕まっている、チンピラ冒険者のダスト！」

「えっ、ダストさん!?」

検察官がチンピラ呼ばわりとは。セナの発言にはムカついたが、それよりも警察官が俺の名前を呼んだぞ。あの声どこかで聞いたことが……。

「わざわざ、丁寧な説明ありがとよ！」

「何故、この店に？」

おっと、そこに反応したな。さーて、ここからが本番だ。

「あー、ここは男の悩み事を聞いてくれるんでな。愚痴もニコニコ笑顔で聞くし、女目線でのアドバイスって結構役にたつんだぜ？」

「あなたが悩み事ですか……」

「おい、何が言いたい」

「いえ、別に……。それよりも、本当にそれが目的なのですか？　店員への事情聴取によると、ここは喫茶店でありながら、占いもやっているというのは本当なのでしょうか？」

ぐいぐいくるな。かなり焦っているようで、必死さがにじみ出ている。

「ああ、そうだ。ここの姉ちゃん達は包容力があるから、話しやすいんだぜ。気の強い女ばっかが周りにいるからよ、ここだと落ち着けんだよ。ギスギスしてねえ女って最高だよな」

「はうっ」

「ぐはっ」

セナと隣の女性警察官が揃ってのけ反っている。

「ところで、あんたらはこの店をなんだと思ってやってきたんだ？」

「ええとですね。表向きは喫茶店でありながら、裏で怪しげな風俗営業をしているというタレコミがありまして。男性冒険者が利用している秘密の店だと聞いていたのですが」

「そりゃ、荒くれ稼業の冒険者が女に愚痴を聞いてもらって、占ってもらっているなんて女に話せねえだろ？　秘密にもするさ」

「そ、そうだったのですね。この街の冒険者が女性に対して貪欲ではないのは、この店で悩みを聞いてもらい癒されていた。……こういう理由だったのですか……」

腕組んで唸ってるな。このまま口車に乗せれば追い払えそうだ。あの魔道具対策もしているが、引き下がってくれるならそれはそれで構わない。

「怪しいとこはなんもなかったんだろ？　んじゃ、とっとと撤収したらどうだ。営業妨害で訴えられるかもしんねえぜ」

「そうですね。こちらの間違いだったようです。店長に謝罪をしてから戻ることに――」

おっ、これは成功か。これなら、あの手段は使わずに済みそうだ。

「ちょっと待ってください、セナさん。ダストさんが女性に弱みを見せるなんてあり得ません。相手の弱みを探って脅すならまだしも。どう考えても、怪しいです」

こいつ、俺をよく知っているかのようなことを口にしている。どこの誰かは知らないが、好き勝手言ってくれる。その巨大な胸を揉みしだかれたいか。

「確かに、日頃の素行の悪さからして、悩むよりも先に体が動くような輩だ。それに、これだけ人生を好き勝手に生きている男に、悩みなどあるはずもない……か」

「おうおう、言ってくれんじゃねえかよ。ふっ、そうやって疑い深いから、男にモテねえんじゃねえのかぁ？」

バカにしてくれたこいつらを鼻で笑い、挑発するような言葉を口にすると……ギシッと空間が軋むような音がした。

な、なんだ……女性警察官が全員こっちに顔を向け、俺を射殺すような視線をぶつけてくる。まさか……こいつら、全員が女性の婚期を守る会の連中なのかっ⁉

やってしまった。強烈な殺気に背中から大量の汗が噴き出し、くっついた服が気持ち悪い。この状況はヤバすぎる。この空気を払拭する会心の一言で空気を入れ替えないと、俺の身がどうなるか分かったもんじゃない。

「あー、でもセナぐらい綺麗でスタイル良けりゃ、モテまくりだよな。すまん、すまん。失礼な事を言っちまったぜ。謝罪する、許してくれ」

こういう時は、変に濁さずストレートに言う方がいいって、雑貨屋の売り物の『女を騙すテクニック百選』という本に書いてあった。

「そ、そんなことはないぞ。見えすいたお世辞を言わぬことだ」

とか口では言っておきながら、まんざらではない顔をしている。

セナのご機嫌は少し戻ったか。だが残りの連中の目つきが更に鋭くなった。ここは全員が納得するような理由をでっちあげるしかない。

「アクセルの街って美人が多いよなぁ。ここの警察官もべっぴんさんばっかだから、あんたらが事情聴取してくれるなら、毎日だって捕まえて欲しいぐらいだ」

何人かは俺の口車に乗りそうだが、それでも大半は疑いの眼差しを注いでいる。普通はそんなにちょろくないよな。だが、それは想定内だ。

「そうだ、ここだけの話なんだがよ……男の冒険者達って、妙に独り身が多いと思わねぇか？　こんなに美人が多いってのに、女に対して積極的な男が少ねぇだろ」

「それは、前から我々も思っていた」

この話題にはかなり興味があるらしく、セナだけじゃなく女性警察官も近寄ってきた。取り囲むように半円になり、俺に注目している。

想定していた展開とは違うが、ここから作戦を実行させてもらうとするか。

「ここだけの話なんだがよ……この街の冒険者はゲイばっかなんだよ」

「ゲイ……とは、男性の同性愛者のことで間違いないか？」

「ああ、そうだ。男の冒険者のみに伝わっている秘密でな、アクセルの街はゲイのたまり場なんだよ。だから、そっち系の男ばっかが集まって、女に興味がないヤツらが多いんだよ」

「っ……」

息を呑む音がした。自分達がモテない理由がそれなら納得がいくというプライドと、あり得ないという常識がせめぎ合ってそうだな。

　更に追撃といくか。

「よくよく考えてみろよ。お前さん達みたいな美人ばっかの街なんだぞ、もっと積極的にナンパするなりするだろ、常識から考えて」

「貴様は本当にこの街の男はゲイ……つまり、ど、同性愛者が多いというのか。男達がくんずほぐれつ、絡み合っているというのかっ！」

「ああっ、セナさん落ち着いて。腐った趣味が表に出てますよっ！　以前もその趣味がバレて、お見合い失敗したんでしょ！」

　接近してきたセナと俺の間に女性警察官が割り込み、必死になって止めている。

　セナはまだ疑いの方が強いようだな。動揺が表に出ているのか、呼吸が荒くなって頰が赤らんでいるのが気になるな。

　腐った趣味がどうとか言っていたが何のことだ？　……どうせ関係のない事だろうから、どうでもいいか。

　さてと、ここからが俺の腕の見せどころだ。

「ああ、そうだぜ。よく考えてみろや。お前さんもよく知っている、あのカズマだって、キレイどころに囲まれているってのに、誰にも手を出してねえんだぜ？　おかしいだろうが」

「言われてみれば、確かに。サトウさんは陰でカスマやクズマなどと呼ばれているのに、三人もの女性と一緒に暮らしていて、そういった話は聞いたことがない。まさか、サトウさんはそっちの……、受けなのでしょうかそれとも攻め」

「本性が出てる出てる。セナさん抑えて」

セナの後半の呟きと、耳打ちしている胸のデカい警官の声は聞こえなかったが、二人で顔を見合わせて考え込んでいるな。

セナは自分の考察が正しいか確かめたかったのか、デカい胸の警察官に向かって一度小さく頷く。すると、相手は大きく頷き返した。

「ええと、カズマさんは仲間の方々とは、そういった関係ではないようです。最近ではカズマさんが保護者のような立場ですね」

なんで手を出さないのかは、俺にはよ――く分かる。あいつらは見た目がいいだけで、中身がアレだ。余程の物好きか、ドSか、金持ちか、聖人のようなヤツしか、あの三人とうまくやっていくことはできない。もしくは……カズマか。

カズマはヘタレだから、ずっと手を出せないだろうけどな。

あの三人娘の本性を詳しく知らないセナは納得しかけている。ここは少々強引にでも話を押し通すぞ。

「何度も言うが、あんたらのような美人に見向きもしないだけでも、ここの冒険者達が異様だってことが分かるだろ」

「そ、そうだろうか」

セナが照れて髪を指でくるくる巻いている。ロリサキュバス程じゃないが、こいつもちょろい女だな。セナのモテない理由はハッキリしている。胸は迫力があってそそられるが、血の気の多い冒険者を取り締まる事が多い検察官で、こんなにもきつい性格をしていたら、誰も寄り付かないに決まっているだろ。

「そうだぜ！　俺なんてあんたみたいなべっぴんを見てたらムラムラして、あっちがヤバいことになっているからな。なんなら、ここで脱いで見せてやろうか？」

「や、やめろ！　公然わいせつ罪でしょっ引くぞ！　そ、そうだ。それが本当だというなら、この店の客に協力を頼んで、嘘を看破する魔道具の前で証言してもらうとしよう！　それで嘘偽りがないと証明されたら、撤収しようではないか」

うっし、そうくるよな。待っていたぜ、その言葉を。

他の警察官もセナの判断に同意して頷いている。

「常連客を何人か調べて、その中に同性愛者がいれば信じても……」

「あの検察官さん。ちょっといいですか」

そこでロリサキュバスが話に割り込んできた。

身を乗り出しているから尻が目の前にあるが、こいつは胸も尻もなく顔がガキっぽいから、全く欲情しない。

「なんだ？　ここの従業員だったか」

「はい、そうです。ええと、それならこの方を調べてみてはどうでしょうか。ちょうど、この店にいらっしゃっていたお客様なので、それに……」

ロリサキュバスが俺の後方をチラチラ見ながら、耳打ちしている。

視線の先にいるのは兜野郎だ。ここまでは作戦通り。さあ、あとはセナが乗ってくれるかどうか。

「ふむ、あの人が。それが本当であれば証人としては十分なのだが。よっし、魔道具は何処だったか」

「店の前に停めた馬車の中です」

「ちょっと待っていてくれ。魔道具を取りに行ってくるのでな」

俺の返事も聞かずにセナが飛び出していった。何人かついていき、残った警察官は俺達が逃げないように警戒して、店の入り口まで下がりこっちを見張っている。

「なんとか軌道修正に成功したな。あとは兜野郎が使えるかだが」

「きっと、大丈夫ですよ。こちらに」

ロリサキュバスが手招きすると、兜野郎がふらふらと歩み寄ってきた。はぁはぁ、と呼吸が荒い。そこまで息苦しいなら兜を外せばいいのに。

俺の隣に腰を下ろすと、すっと手を伸ばしてきた。握手を求めているのか？

「野郎と握手しても気持ち悪いだけだが、今回は別だ。協力感謝するぜ」

差し出された手を握ると、強く握り返してきた。

傍にいると余計に兜越しの呼吸が気になる。さっきよりも呼吸が荒くないか。

「おい、素性がバレたくないのは知ってるが、苦しいなら兜外したらどうだ？」

兜野郎は激しく頭を左右に振るだけで、かたくなに外そうとしない。

変なヤツだが、今は貴重な協力者だ愛想よくしないとな。貴族様が証人なら、権威に弱い検察官も納得させやすいだろ。

「よく分からねえが、よろしく頼む」

兜野郎は頭を上下に振っている。案外いいヤツなのか。

「おい、手をそろそろ離してくれ、おい」

ところでこいつは、なんでずっと手を握ったままなんだ。

汗でしっとりしていて気持ち悪い。それに指先がくねくね動いてくすぐったいぞ。

「おい、いい加減に手を離せっ」

4

なんとか手を引き剝がしている間に、セナが戻ってきた。

「さあ、調べさせてもらうぞ」

ドンッと勢いよく魔道具が置かれる。嫌な経験が体に染みついているから、これを見るだけで身構えそうになるな。

「ええと、そちらの……なんとお呼びすれば？」

「兜の人とでも呼んでください」

兜の中からくぐもった声がした。若い男のようだが、よく分からない。

「で、では兜さんと一応、ダストさんも答えてください」

「了承しました」

「先に断っておくけどよ、俺は女好きだからな」

セナが来るまでの間に当人から話を聞いたのだが、兜野郎が持っている魔道具は貴族が犯罪行為を隠すために、裏で取り引きされている禁断の魔道具らしい。

所有者の発言のみを反転させることが可能だということだ。つまり隣で俺が答えても、嘘を見抜く魔道具は正常に判断をするということになる。

便利な魔道具があるものだ。まともなヤツもたまにいるが貴族は大概クソだからな。そんな物をこいつが持っていても不思議ではないか。

「では、質問します。正直に答えてください。あなたは女が好きだ」

「おう」

魔道具のベルはならない。それはそうだ、嘘偽りのない答えだからな。

「では、兜さんに同じ質問です。あなたは女が好きだ」

「いいえ」

反応はない。ってことは、女が好きじゃないと魔道具が判定したということだ。

マジでこいつの持っている魔道具は本物だったのか。これで兜野郎がどんな嘘を吐いてもバレない。

「念のためにダストさんは、この質問に、はいで答えてください。あなたは男が好きだ」

「はい」

チリンとベルが鳴る。男が好きではないという判断を魔道具がした。

「なるほど。では、お二人に質問です。正直に答えてください。あなたは男が好きだ」

「冗談だろ」

「はい」

俺と兜野郎の言葉に魔道具の反応は……ない。

気になるのが答えるたびに兜野郎がいちいちこっちを見ることだ。心配しなくても、お前の嘘はバレてないぞ。

「自分には理解しがたいのですが。ええ、ちっとも理解できないのですがっ、男性のどういうところが好きなのでしょうか」

具体的な質問に切り替えてきたか。こういう場面での詰問に慣れているだけあって、面倒なところを突いてくる。

尋問にしては妙に意気込んでいるのが、気になるといえば気になるが。

ここは、適当に答えるとボロが出るぞ。仮面野郎の芝居に期待するしかない。

ちらっと、仮面に視線を向けると「すぅー」っと、大きく息を吸う音が耳に届いた。

「誤解して欲しくないのですが、男性が好きと言っても誰でもいいわけではありません。男が好きというよりも、たまたま好きになった人が男性だった。男性相手に性的興奮を覚えてしまうだけなのです！　……この想いが届くことは一生ないかもしれない。ですが、それでも好きになってしまったこの気持ちは、誰にも止められません！　冒険者という命がけの仕事に挑み、汗に濡れた服を見て僕は興奮が抑えきれず……汗まみれの服を嗅ぎたくて嗅ぎたくてっ！　ですがそんな勇気もなく、遠くからその後ろ姿を眺めることしかできない不甲斐なさに、何度枕を濡らしたことでしょう！　いつか、着てもらえる日が来ることを願い購入した赤いランジェリーを彼と思い、抱きしめて寝た日もあります！

アクシズ教は同性愛も認めていると耳にして、入信してからというもの毎日祈りを捧げ——」

「なるほど、なるほど。そこには性別を超えた純愛が成立するのですね。疑ってしまい申し訳ありませんでした」

兜野郎の熱い語りを素直に受け入れて、真摯に謝罪するセナ。

正直俺はドン引きしているが、セナは気持ち悪いぐらいに物分かりがいい。

しかし、こいつは本物ではないのかと一瞬疑ってしまいそうになるぐらい、迫真の演技だった。たぶん、役者志望の坊ちゃんなのだろうな。

貴族の三男あたりになると、自由に生きる道を選ばせるところも少なくない。実際、冒険者になった元貴族だっている。

それから幾つか、男が本当に好きなのかどうかを判定する質問をされたが、兜野郎の嘘が見抜かれることはなかった。

「本当のようだ。しかし、この魔道具は以前、怪しげな反応をしたことがあってな……頼り切るのは良くないと思う。そこで、本当に男が好きなら、その証拠を見せて欲しい。これは必要な事なのだ。決して、自分が直接見たいというわけではない」

なんで言い訳じみているんだ。

「はぁ、何言ってんだ？　証拠も何も俺は女好きだが、こいつは男好きだってことは立証されただろ。こうやって、肩でも組めば納得か」

俺は兜野郎と肩を組んでみせたが、セナは半眼でこっちを見ている。あれは疑っている目だ。……なんで残念そうに舌打ちした。あと、兜野郎の呼吸がうるさい。

もうちょっと、それっぽくやるか。くそっ、男なんかに触られたくないが非常事態だ。ここは妥協しよう。

「……すまん、気持ち悪いだろうが我慢してくれ。後で酒おごるからよ、それっぽく見えるように俺の体を触ってくれ」

セナに聞こえないように、兜越しに囁く。

さっきの演技の後でガチっぽく振る舞えば、誰だって信じるに決まっている。

兜野郎には悪いが、これもサキュバスの店を潰させないためだ。

「喜んで……」

ん……？　今こいつ……変なこと口走らなかったか？　きっと、兜で声がこもって聞き間違えただけだよな。

兜野郎の手がそっと俺の胸元に添えられ、指先がすーっと滑るように動く。

ぬぐああああっ、ぞっとするが我慢我慢我慢。兜野郎も迫真の演技で、それっぽく見えるように動いてくれている。ここで俺が我慢しなくて……。

「お、おい！　そこは、やめろ！　おい、何処に手を突っ込んでんだっ！　やめろおおおおっ！」

「ハァハァ、いいじゃないですか。ちょっとだけですから、先っちょだけですからっ！頭をナデナデするだけですからっ！」

「頭ってどの頭だっ！」

こいつ、結構力ありやがるぞ。芝居としては完璧だが、そこはダメだろマジで！　変なものに目覚めたらどうしてくれるっ！

「おい、セナ！　顔赤らめてこっち見てんじゃねえよ！　とっとと止めやがれ！　おっ、ちょっ、お巡りさん、お巡りさあああああんっ!!」

「わ、分かりました。それが、芝居であるはずがありません。続きは、別のところでじっくりやってください。邪魔はしませんので」

セナ達がようやく兜野郎を引き離してくれた。

「お、おう、分かってくれたか」

「……ちっ」

兜野郎が舌打ちして渋々手を引っ込めたように見えた。……貴族って話だったが、どうにも胡散臭い。いや、もしかして、マジなヤツじゃないよな……まさかな……。

貴族や王族ってのは芝居の一つでもできないと、世の中を渡っていくのは難しい。兜野郎はその才能に長けていただけだ……そう思い込もう。

「では、最後に……この街の男性達は同性愛者が多い。それは本当ですか？」

しれっとした顔でとんでもない質問を投げかけてきた。って、それはそうか。俺とこいつの二人だけでは、証拠としては少なすぎる。

だが、ここは俺が答えないで兜野郎が答えればいいだけの話だ。嘘を看破する魔道具の判定を反転させる魔道具を所有しているのだから、何の問題もない。

「だってよ。答えてやってくれ」

「………」

おい、黙ってないで代わりに答えてくれよ。お前の魔道具の性能は問題ないって証明されただろう。

「あー、もしかして、兜が邪魔で声がちゃんと聞こえなかったのではないでしょうか？」

ロリサキュバスが俺達の間に、ひょこっと顔を出して割り込んできた。

助け舟を出したつもりなのかもしれないが、兜野郎が普通に答えたら済む話だ。もしかして、本当に聞こえてなかったのか？

「ゲイが多いかという質問でしたね。愚問です。隣にいるダストさんだって、心のどこかで男に魅力を感じ、そういった関係になるのも悪くないと思っているはずです！　魔道具が反応しないのは、本当の自分に気が付いていないだけ！　ええ、そうであるべきです！」

おい、俺を巻き込むな！

全力で否定したいが、ここはぐっと我慢だっ。

兜野郎の力説に魔道具は微動だにしない。マジで高性能な魔道具だな。

まるで本心で話しているから、嘘だと判定されていないかのようだが。……いや、まさか、ねえ？

「魔道具は……反応しませんね。どうやら、本当にこの街の男性はそういう方が多いようです。……もっと早く知っていたら、色々カップリングを楽しめたのに……」

「今、変な事言わなかったか？」

「気のせいです。ですがまさか、ダストさんまでそっちだったとは。両方いけるなんて、本気でタチが悪いですね」

ぐぬぬぬっ！　言い返してえっ！　だけど、ここで口を開けば、ここまでの苦労が水の泡だ。耐えろ、耐えるんだ、ダスト！　サキュバスの店で一週間無料がかかってんだ！

怒鳴り散らす寸前だったが、なんとか崖っぷちで耐えた。頭を冷やさないとな。俺は空気と一緒に言葉を呑み込む。

よーし、落ち着け。これはただの芝居だ。兜野郎の演技に応えるためにも、俺がキレてどうすんだ。

だが……。少しは言い返さないと腹の虫がおさまらないっ！

「では、魔道具は戻しておいてください。皆さん、ご迷惑をおかけしました」

部下が嘘を看破する魔道具を店の外へ出したのを確認して、大きく息を吐く。

これで嘘を吐いても見抜かれることはない。

「はぁー、嘘の情報に踊らされて、挙げ句の果てにはただの客を馬鹿にするなんてよお、それがお上のやることかねぇ。この店も査察が入ったなんて情報が広まれば、客も激減すんだろうなー」

「その、申し訳ありません。完全にこちらの落ち度です」

腰を直角に曲げて頭を下げ、心から反省しているようだが……まだ、いたぶりたりない。

警察には何度も世話になっているから、そのお礼をここで、たーっぷりしておかないと。

「謝って済むなら、警察なんていらねえんじゃねえか？　こうやって、冤罪が増えていくのかねぇ。怖い怖い」

「本当に申し訳ありません！　査察の結果、疑うべきところは何もなかったと、上層部にも報告いたしますので！　何卒ご容赦ください！」

「かーっ、口ではなんだって言えるんだぜ？　こういう時は誠意、そう、誠意を見せるべきじゃねえか。営業妨害と今後の利益減を補う……分かるよなぁ？」

ここで直接、金を寄こせと言うのは脅しのテクニックとして最低ランクだ。相手にこっちが何か言いたいかを感づかせ、何かあった時に自分はそんなことを要求していない、と言い張れる状況にしておく。

　こうしておけば訴えられた際に罪が軽減される。

「うわぁ……さすが、ダストさん」

　感心しながら距離を置くな、ロリサキュバス。悪魔なら参考にしようとするぐらいの向上心がないのか。

「警察に踏み込まれたことで萎縮しちまって、何人かこの店を辞めるそうだぜ」

「えっ、そんなこと誰——」

　余計なことを言おうとした、ロリサキュバスのケツを軽く叩いて黙らせる。

　睨むなよ。これぐらいのじゃれ合いで、ケチ臭い女だ。そんな平坦なケツをわざわざ触ってやっているのにな。

「まさか、そのようなことに……。なんと謝罪すればよいのか」

　セナは生真面目過ぎる。職務に忠実と言えば聞こえもいいが、融通が利かないだけだ。

　責任感の強いところを利用すれば、面白くなりそうな気がする。

　金を脅し取ってもいいが、セナは堅物だから払いを渋る。なら、もっと別な何かで……店に謝罪する……セナが困るようなこと……ってことは……よっし、誰もがハッピーになれる方法を思いついた。

「そうだ、一回この店をお前さんが手伝うってのはどうだ？」

「えっ、自分がですか⁉　検察官は副職が許されていませんので、それは」

「黙っときゃ分かんねえよ。賃金も受け取らなきゃいいだけの話じゃねえか。だったら、ボランティア活動だろ。それに、これはお前さんにとっても悪くない話なんだぞ？　ここの店員は包容力があって男性に慕われている。そんな店で働くってことはつまり……」

そこで言葉を区切り、相手の様子をうかがう。

セナと胸のデカい警察官が身を乗り出して、聞き入っている。

気になるよなー、そんな組織に入っているぐらいだ、興味がないとは言わせないぞ。

ワザとゆっくり口を開き、相手を限界まで焦らす。

「男に……モテるコツが学べるってことだ」

「モテる……」

おう、ギラギラと欲望に染まった、いい目をしてるな。

これは思ったよりも面白いことになりそうだ。

5

明日の相談をサキュバス達として、することもなくなったから街中をぶらついている。

金欠で飯も食えない状況を打破するには、仲間かダチを頼るしかないのか。

　だが、仲間は今朝の事があるから頼むだけ無駄だ。となると親友のカズマなんだが、今日は姿を見ていない。

「腹減ったな。雑貨屋のオッサンにたかるか、チンピラボコって金を巻き上げるか……。おっ、いい香りだな」

　今後の方針に悩んでいると、近くのパン屋から漂ってくる食欲を揺さぶる香りに足が止まる。

　焼きたてパンの匂いってヤバイよな。空腹の状態でこれは辛抱たまらん。

　匂いに引きよせられ、ふらふらとパン屋の前に歩み寄ると、店の大きなガラス窓に張り付く。

　棚に並べられた見るからに旨そうなパンが、俺の胃袋に飛び込むタイミングを待っているようにしか見えない。

　パンの耳なら頼めばタダでもらえるか？　でも、パンの耳より焼きたてのパンが食いたいよな。

「あのバゲットにかぶりつきてえ。旨そうだが、買う金はねえ。つまり、無銭飲食をしろという神のご意向か」

「神様に殴られるわよ。何しているかと思えば、また警察の世話になる気なの」

　背中越しに聞こえてきた声に振り返ると、仁王立ちをするリーンがいた。

宿屋に引っ込んだんじゃないのか。

「何してんだ？」

「それはこっちのセリフよ。営業妨害で訴えられないうちに、そこから離れた方がいいわよ」

確かに、ガラス越しの店内から客と店員が不審な目を注いでいるな。

早く離れた方が身のためのようだ。

「まさか……。お前もパンの耳狙いかっ！　あれは全部俺んのだぞっ！」

「違うわよ。はあ……仕方ないわね。そのバゲットが食べたいの？　そこまで困っているなら、パン代ぐらい貸してあげようか？」

「何だ、裏があんのか？」

「金を貸せ貸せうるさいくせに、こっちから言うと疑うわよねあんた。親切心で言って——」

「あっ、ダストさーん！」

大声で名を呼んで向こうから駆け寄ってくるのは、ロリサキュバスか。

打ち合わせを終えたばかりなのに何かあったのか？

「さっきのお話の続きなんですけど。あ、っとお邪魔でしたか？」

俺とリーンを交互に見て、ロリサキュバスが首を傾げている。

リーンは眉根を寄せてじっとロリサキュバスを……。睨んでないか？

「ダスト、この子は？」

「あー、そのなんだ」

サキュバスだということは話せない。適当なことを言って誤魔化した方がいいな。

「言えないのなら別にいいわよ。あんたの事なんてどうでもいいし」

何で急に不機嫌になってんだ。ロリサキュバスの事を怪しんでるのか？

「お、おい。パンの金貸してくれるんじゃねえのか？」

「あっ、パンの代金ぐらい出しますよ、ダストさん。お世話になりますから」

リーンがチラッと横目でロリサキュバスを見ると、何も言わずに速足で立ち去っていく。

なんだってんだ、よく分からんヤツだな。


次の日、非番だったセナが店にやってきた。……まではよかったが。

「ここがカズマの言っていた店か！　つい、売り言葉に買い言葉で手を貸すと言ってしまったが……。なんとも怪しげな店ではないか」

──ダクネスがセットでついてきた。

こいつが来た理由に思い当たる節がある。昨日の晩、カズマに奢らせた酒を飲んでいて、酔っぱらった勢いでセナの事を話したんだよな。

　そしたら、カズマも面白がって「ダクネスもそこで働かせようぜ」みたいなノリで盛り上がった結果がこれだ。

「ラティーナさんは、お帰りになった方が」

「その名で呼ぶのはやめてくれ。ダクネスでいい。カズマの挑発に乗る形になってしまったが、ここの店員は男に人気があると聞いた。ここでの手伝いはよい鍛錬になるだろう。日頃から私に対し、見てくれだけで中身は変態だの、好き勝手言ってくれるカズマをどぎまぎさせるためにも、そのテクニックとやらを学ばせてもらおうではないか！」

　無駄に凄い意気込みだ。面倒なヤツだとは思うがカズマの連れの中では比較的、制御がしやすい方だ。……よな？

　それにここの仕事はダクネスが適役かもしれない。

「セナさん、それと……ダクネスさん。今日は私が指導役です、よろしくお願いします」

　目元だけを覆う仮面をつけたロリサキュバスがぺこりと頭を下げる。

　今日は仮装で対応する日だと嘘を吐き、全員が顔に仮面を装着している。このことでセナの顔も隠せるので検察官という素性がバレない。

「よろしくお願いします」

「今日は世話になる。……ところで、どこかで会ったことがないか？」

仮面をつけたロリサキュバスの顔をダクネスが覗き込んでいる。

そういや、カズマの住む屋敷で、二人は鉢合わせしたことがあったって話だったな。仮面が思わぬ効果を発揮してくれたか。

「い、いえ、気のせいではないでしょうか。それよりも、まずは簡単な仕事内容の説明を。ここではお客様の悩みを聞き、どんなことでも否定をせずに相槌を打ってくださいね。そして、やんわりと今後の方針を促したり、アドバイスをしてあげてください」

「なるほど、そういう業務なのですね」

「難しそうだな」

セナはメモを取りながら、何度も頷いている。ダクネスはしきりに感心しているだけだが。

「では、衣装に着替えてくださいね。こちらの控室へ」

「別にここで着替えてくれてもいいんだぜ？」

「ダストさんは黙っていてくださいね。話がややこしくなるので」

最近、言うようになってきたな。ロリサキュバスには今一度、俺の偉大さを教え込む必要があるようだ。これが終わったら、説教してやる。

扉の向こう側へ消える直前まで二人のケツを目で追っていたが、スタイルは抜群なんだよな両方とも。でも、性格が……。

「ちょっと待て、これは下着ではないのか！」

「上に何か羽織る物を！　お、押さないでください！」

悲鳴にも似た声が扉の向こうから響いてきた。おっ、二人とも戸惑っているな。

今日の衣装は特別製だ。ここの店員にしてみればいつもの格好だが。

バンッ、大きな音を立て開け放たれた扉から押し出されてきたのは、サキュバスの格好をしたセナとダクネスだった。

「いいじゃねえかっ！」

胸と下半身を申し訳程度に隠す布切れは、下着にしか見えねえ。それを必死に隠そうと手で覆っているのがエロさを増している。

他のサキュバス達はこの格好に慣れているから、恥ずかしがる素振りなんて見たことないが、セナとダクネスは顔面を真っ赤にして羞恥に身悶えしている。……たまらん。

「こんなハレンチな格好で人前に出るなんて、できません！」

「こんな煽情的な格好で、飢えた男どもの前に放り出されるというのかっ！　……なんというご褒美っ。ではないっ、屈辱！」

セナは胸の布地から零れ落ちそうになっている胸を腕で隠しているが、押しつけられることで変形してはみ出した胸が余計にエロい。

隣で口とは正反対に興奮している変態は通常運転だ。

「大丈夫ですよ。今日は常連のお客さんだけを呼んでいますので。それに、ここはお触り禁止ですので、安心してくださいね」

「そういう心配ではないのですが」

「お触り禁止なのか……そうか……」

露骨に残念そうだな、ダクネスさんよ。お触りがお望みなら、俺がたっぷりと……。それはやめておくか。これ以上はダクネスと関わりたくないし、カズマの連れに手を出すのは気が向かない。

細かい説明は他のサキュバスに任したロリサキュバスが、トコトコと近づいてくる。

「ダストさん。お客さんの手筈は？」

耳元に口を寄せ、セナに聞かれないよう声を潜める。

「おう、俺の知り合いにだけ連絡入れておいたぜ。他の客が入ってこねえように、冒険者達に手回し済みだ」

何も知らない客がやってきたら一発でバレてしまうからな。今日来る客は全て事情を把握している連中だ。全員に占い師に相談をしにきた、という設定で振る舞うように指示しておいた。

「ありがとうございます。今日さえ上手くやれば、もう大丈夫ですよね。明日か、明後日から通常営業ができたらいいのですが」

「男連中もそろそろ限界が近いからな。ここが通常営業してくれねえと、色々困るんだよ」

「ご迷惑をおかけしております」

説明が終わったようで二人が壁際に並んで立っている。セナは俯いてアンケート用紙で胸元を隠して、ダクネスは同様に恥ずかしがっているように見えるが……口元の笑みが隠しきれてないぞ。

開店と同時に客がなだれ込んでくるが、全員顔見知りだ。

客役が席に移動する際に、俺と目配せをしていく。さーて、ダクネスとセナは誰の担当に回されるのか。

ダクネスはモヒカンで厳つい顔のオッサンの担当をするようだ。冒険者ギルドでもよく見かけるオッサンだが、誰かと組むわけでもなく何をしているのか不明な男だ。何者なんだろうな、あのモヒカン。

っと、本命のセナは……。サキュバスに接客に行くよう指示されているが、踏ん切りがつかないのか。一歩踏み出しては元に戻るを繰り返していやがる。

ずっと観察していたが、かれこれ一時間あの調子か。あれじゃ、ずっとあのままだ。

しかし恥ずかしがっている割には、客の男性をまじまじと観察している。あれは接客態度を勉強しようとしているのか？　クソ真面目なセナらしいな。

しょうがない、俺が一肌脱いでやるか。

「おい、セナを呼んできてくれ。俺の接客をしてもらおうじゃねえか」

「えっ、それはいくらなんでも酷くありませんか？」

「ぼっちのセナの相手をしてやろうってんだぞ。感謝されても、非難されるいわれはねえな」

「そう、ですね。じゃあ、呼んできます」

気が進まないのか足取りが重い。話しかけられたセナが俺の顔を見て、露骨に嫌な顔をした。そのまま、押し問答が続いているようだが……。

数分は粘っていたセナがロリサキュバスに手を引かれて、俺の席にやってきた。

眉根が寄り、眉間にしわが刻まれている。接客業がしていい顔じゃないぞ。

「何かご用ですか」

「セナさん、笑顔笑顔。私が付き添いますから、安心してくださいね」

「助っ人で呼ばれたのに、仕事をしねえのは肩身が狭いだろ？　だから、親切にもこの俺が呼んでやったんじゃねえか。恩に着ろよ」

「それは……。ありがとうございます。はぁー」

視線を外し、ため息を吐く。客の前だっていうのに、ふてぶてしい態度だ。

まあいい。今日の俺は気分がいいからな。さーて、どうやってセナで遊んでやるか。

「んじゃ、俺の悩み事を聞いてアドバイスしてくれよ」

「いいでしょう。自分に分かることならお答えします」

店員の方が偉そうだ。仮面の奥の鋭い目で、じっと見つめられると……尋問を受けているような気になるんだが。

「そうだな。軽犯罪を犯した時に罪にならない方法を教えてくれ」

「言えるわけがありません！　まっとうに生きてください！」

検察官であるセナに最も適した質問だろうが。

「ちっ、ケチだな。それなら、その胸がどうやったらそこまで育つか、教えてくれよ。うちのパーティーのリーンや、そこのロリが貧相で見ていられなくてな。方法を教えてやったら、喜ぶんじゃねえかと思ってよ。後でルナにも聞いてみるつもりなんだが」

「余計なお世話です！」

親切で言ってやったのに、ロリサキュバスがまた頬を膨らませて怒っている。

「検察官の目の前で堂々とセクハラか。いい度胸だ」

「何言ってんだ。今日はただの店員だろうが。ちゃんとお客様をもてなしてくれませんかねぇ。はーやーくー、相談に答えてくださいよー。犯罪者の隠し事を暴く、巧みな話術見せてくださいよー」

椅子に浅く座って机に脚を載せて、眠たげに目蓋をこすりながら言うと、セナのこめかみに血管が浮き出た。

「貴様、今度捕まった時に覚えておくことだな」

「はいはい、すごいでちゅねー」

その程度の脅しは聞き飽きた。もっと気の利いたことを言ってもらわないとな。

「まあまあ、お二人とも。今日は客と店員なのですから、もう少し穏やかに。皆さんがこっちに注目してますよ？」

「見世物じゃねえんだ、じろじろ見てんじゃねえぞ！」

「貴様は相手も場所も選ばず、噛みつくな……」

「誰でもってことはねえよ。相手がどう考えても勝てねえ相手なら、跪いて靴をなめる心意気だぜ！」

「この人、最低なことを、胸を張って堂々と言いましたよ……」

「ここまでクズだと、呆れを通り越すな」

驚くようなことじゃないだろ。これが世渡り上手ってものだ。

綱渡りのような安定しない冒険者稼業は、上手く渡ったヤツが勝ちと相場が決まっている。

「ダストさんも、もう少しまともな相談でお願いします。セナさんは今日が初めてなのですから、分かりやすく簡単なので」

そんなこと言われてもな。女に相談する事なんてない。悩み事、心配事……。

「金だな。どうにかして、金儲けしたいんだがなんかねえか？」

「汗水流して働けばいいだろう。しかし、金が無いのはおかしいのではないか。デストロイヤー討伐の賞金が冒険者に配られたはずだ。あれだけあれば、暫くは金に困るようなことはないのだが」

「それか。あんなはした金、ギャンブルと飲み食いに全部消えちまったよ。それどころか、借金があるんだぜ？」

「なんで、ちょっと自慢げなんですか」

「…………」

沈黙で答えるんじゃねえよ。もっと大金が入るかと思えば、大半はカズマ達のものになったしな。

だけど、それを羨む気にはなれない。あんなに借金を背負わされるのは勘弁だ。カズマもついてないよな。魔王幹部との戦いで借金をこしらえて更に追加だ。

それだけでも人生投げ出したくなるのに、あの見た目だけはいい三人組の世話までしている。

頬を上気させ「見るなー、そのいやらしい目を向けるなー」と嫌がっている素振りだけをしているダクネスを見ていると、本気で同情してしまう。

あれから借金を完済したと聞いた時は、度肝をぶち抜かれるほど驚かされたな。

「もしや、借金で首が回らなくなり、誘拐や殺傷事件を起こしていないだろうな」

「物騒なことを言うんじゃねえよ。そこまで落ちてねえってえの。誘拐だけは二度とするか」

詐欺やゆすりたかりならまだしも、そんな事をするわけがない。

「二度と……？」

「お、お前……」

怯えた顔して後退るな。

誘拐という単語に反応して、つい過去の一件を思い出し口が滑ってしまった。あの頃は俺も若かったな。……そんなに昔じゃないが。

「おい。なんだ、その目つきは。この真人間がそんなことすっかよ」

セナだけじゃなくロリサキュバスまで、俺に疑いの眼差しを注いでいる。

「貴様の発言はともかく、言い過ぎたようだ。すまない、証拠もないのに疑ってしまった。軽犯罪ばかりで凶悪な犯罪には無縁だったか。……そうだな、話しても問題はあるまい。貴様はチンピラやごろつきに顔が利くらしいな。ならば、噂を耳にしていないか。最近、他の街から妙な犯罪者集団が潜り込んだようなのだ」

表情をガラッと変えて深刻な顔で言っているが、そんなもん聞いたこともないぞ。

最近見聞きした犯罪行為なんて、たかが知れている。

「ただの噂なんじゃねえか？　最近の犯罪ねぇ……。雑貨屋のオッサンの店に強盗が忍び込んだらしいけどよ、俺用のトラップが起動して全員撃退したとか」

「えっ、ん？」

「俺が前に借りた金を今更返せと言ってきやがった、金貸しの連中とやり合ったり」

「その話どこかで……」

「ダクネスが裏道で誘拐されかけて、喜んでいたことぐらいしか知らねえぞ」

「いやいや、大事ではないか!?　その誘拐犯はどうなったのだ！」

「んー、どっかいったな。詳しい話はダクネスに聞けばいいじゃねえか」

「それもそうだな。後で詳しく聞かせてもらうことにしよう」

犯罪者集団ねぇ。この街でやるのは少々無謀じゃないか。駆け出し冒険者の街だと言われているが、結構腕の立つ連中もいるからな。

それに、街の住民も少々の事ではへこたれない曲者揃いだ。俺が犯罪者として大きな犯罪をやるなら、この街は絶対に選ばない。

「ところで、話を戻すが。本当に、この街の冒険者達は男が好きなのか？」

「おいおい、話を蒸し返すつもりか？　その話は終わっただろうがよ」

「これは個人的な趣味嗜好は関係なく、純粋な疑問なのだが。本当に女に興味がなく男が好きな連中が……あのように、鼻の下を伸ばしたスケべな顔で女性の姿を目で追うものだろうか」

セナの疑問を聞いて、背中に大量の汗が噴き出した。

そっと、視線を周囲の連中に向けると、だらしなく緩み切った顔でサキュバス達の胸と尻を目で追っている。

あっ……しまったあああっ！　俺としたことが人選をミスった！　こいつら根っからのスケべばっかじゃねえか！

どうすんだ、どいつもこいつも言い訳が通じない顔してるぞ。

「ダストよ。もう一度、問うが。本当にこの街の男達は女性に興味がない、同性愛者ばかりなのだな？」

仮面の奥に見える目が真剣だ。ここで起死回生の解答を用意してこそ、ダスト様だろうが！　諦めるな、まだ手があるはずだ！

「もう一度、嘘を看破する魔道具を持ってきてもいいのだぞ。今度は二人きりで……な」

「セナ検察官。俺を見くびるなよ？　すんませんでしたっ！」

椅子から飛び上がると、そのまま床に着地して頭を擦りつける、ジャンピング土下座を実行した。こうなったら、平謝りするしかないっ！

「詳しい事情を話してもらおうではないか、ん？」

あ、これ完全に事情聴取と同じ流れだ。

6

客役の連中とダクネスを帰らせ、サキュバスと俺達しかいない店内で全員正座をしている。もちろん、セナを除いてだが。

「まさか、サキュバスが街に潜み、経営している店が存在するなんて……。どおりで、昨日の査察を止めようとした上司が何人もいたわけだ。同性愛は嘘だったのか……」

警察関連には元冒険者が多いからな。

腕を組んだままセナが唸っている。あまりにも予想外の展開に脳の処理速度が追い付いてなさそうだ。

「ですが、分かって欲しいのです。男性冒険者とサキュバスは共存共栄の関係なのです。実際、男性による犯罪は他の街と比べて少ないのではありませんか」

店主でもある色っぽいサキュバスの発言に、セナが渋面になる。

冒険者の多い街ってのは普通は犯罪率も高い。魔物とやり合う稼業だ、荒っぽい人間が多いのは当然だろう。

だが、このサキュバス達のおかげでいい具合に精気を抜かれ、欲望が減衰している。検察官であるセナはその影響をここにいる誰よりも実感しているよな。

「ですが、悪魔であるサキュバスを見逃すわけにも……。このままでは、女性の既婚率は益々下がる一方ですし」

そう簡単には折れたりしないか、やっぱ。だが、その反応は予想済みだ。

店主のサキュバスに耳打ちすると、パッと顔を輝かせ嬉しそうに頷いた。

「では、取り引きしませんか？」

「自分に悪魔と取り引きしろと。バカバカしい」

聞く耳を持たないという感じだが、これを聞いて同じことが言えるといいな。

「もし、見逃していただけるなら……好みの男性の夢に毎日セナ様を出現させて、惚れさせることも可能ですが？　それ以外にもあらゆるシチュエーションの夢をご提供できます。セナ様が人には話せないような願望を夢で見ることも」

「その話を詳しく！」

目にも止まらぬ速度でサキュバスの目の前に移動すると、相手の手を包み込むように握りしめている。

「これは解決ということでしょうか？」

小首を傾げてこっちを見るロリサキュバスに、俺は笑みを返す。

「だな。お前さんもご苦労さんだったな。無事に仕事が再開できそうでよかったじゃねえか」

「はい、これで安心です。本当に助かりました、ダストさんのおかげですよ」

「じゃあ、一週間無料の件、よろしく頼むぜ」

「はい、では今日からきっちり一週間ですね。悪魔ですので契約は遵守しますよ」

「おう、期待してるぜ。これで一週間の間、あっちの心配は無用だ。後は寝る場所と食いもんさえ確保すれば生きていけるぜ」

感謝されてこっちも得する。最高だな。

円満に解決して何よりだ。これで俺も心置きなく今晩の夢を堪能できるってもんだ。

「そういえば、ダストさん。お話があるのですよ」

セナはサキュバスとの話し合いが終わったらしく、こっちに歩み寄ってくる。

「なんだよ、今更改まって。もう、店の件は解決しただろうが」

「ええ、そうですね。それとは別で先ほど金貸しの金を返さず、暴れたと自供されていましたよね？　金貸しから以前に訴えがありまして、その件でお話をうかがうつもりだったのですよ」

満面の笑みで俺の両肩をガシッとセナが掴んできた。

「ちょ、ちょっと待て」

「待ちません。さっき貴様は巧みな話術を見せてくれ、と言ってましたよね。よーし、二週間ほど勾留してやるから、思う存分味わわせてやろう。よかったな、飯と寝床も確保できて」

あっ、クソ。こいつ意外と力がありやがる！　肩に指がめり込んで、剝がれやしねえっ！

俺が煽ったことを根に持っているな。

「おい、ぼーっと見てねえで、助けろ！」

隣でじっと見ているだけのロリサキュバスに訴えかけると、俺とセナの顔を見比べてから、俺に向き直るとにっこりと微笑んだ。そして、俺の耳にそっと口を近づける。

「留置場でお世話になるのでしたら、私達はお邪魔できませんね。悪魔除けがありますから……。それにダストさんがお店に来て、夢の内容を教えていただけないと……。あっ、契約を結んだ後でしたね」

契約って、お礼の件じゃないよな？　違うよな？　なんだ、その意味深な笑顔は。

「え、おい、まさか……約束の一週間無料ってのは……」

「はい、無効ですね。できないものは、しょうがないですね。悪魔にとって契約は絶対なので取り消せません」

「いやいやいや、ただ働きなんて冗談だよな！　おい、笑ってねえで、こっち見ろよ！　ちょっ、セナ様、勾留は一週間後ということでどうでしょうか。なあ、頼むから人の話聞いてくれよっ！　この悪魔どもっ！」

「おーい、飯はまだかー！　今日はフルコースで頼むぜ！」

　第二の我が家となりつつある留置場の牢屋で、薄い毛布に寝ころびながら看守に要望を伝える。

「やかましい！　さっき昼飯を食べたばかりだろ。お前は老人か！」

「じゃあ、デザート持ってこいや。ほら、最近こじゃれたカフェが大通りにできただろ。あれで構わねえぞ」

　返事の代わりにガンッ、と牢屋にバケツのぶつかる音がした。看守の野郎が投げつけやがったな。こっちの言い分も通らず留置場に放り込まれて二日が過ぎた。最低でもあと一週間以上は勾留されるみたいだ。

「金もないから丁度いいけどよ。一週間無料は惜しかったぜ。何も言わずに来ちまったが、あいつら大丈夫かね。リーンは怒ってるよなぁ」

　一見大人しそうに見えて、あいつは結構過激だからな。前も説教を始めたら問答無用で魔法をぶっ放してきた。……言い訳を何か考えておくか。

「おい、ダスト！　お前に差し入れだ！」

　既に顔なじみとなった看守が鉄格子の隙間から差し込んできたのは、白い紙に包まれた細長い物体。包み紙を剝がすと、まだほんのり温かいバゲットがあった。

誰が差し入れをしてくれたのか、一目瞭然だ。きっと文句を言いながら買ったんだろうな。

「あのパン屋のバゲットか。……ありがとよ」

ここにはいない、トマト好きの仲間への礼を口にした。

閑話

とある貴族の宝物

「おはようございます。今日もいい天気ですね」

枕元の写真立てに微笑みかけた。

そこにはきりっとした表情で新入り冒険者を脅しているダストさんがいる。

いつ見ても素敵な横顔です。潜伏に特化した盗賊さんに依頼して撮ってもらった最高の一枚。大切な宝物の一つです。

「今日は最高の目覚めです。これもサキュバスさん達のおかげです」

あの店を偶然知り、望む夢を見させてもらっているおかげで、毎夜が本当に充実しています。感謝しなければ。

現実ではありえない、ダストさんとの甘い一時。この夢のおかげで今日も頑張れます。

悪魔であるサキュバスさん達の力を借りるのは、アクシズ教徒として本来許されない行為ですが、純粋な想いを女神様はきっと理解してくださる。そう信じています。

着替えて朝食をとると、いつものように街へ出かけることにしました。

この時間だとダストさんは酔いつぶれた状態で寝ているか、朝から開いている賭博場にいるはず。早朝、窓際に置かれていた報告書によると、昨晩はカズマという新入り冒険者に酒をたかったそうですので、まだ寝ているのでしょう。

カズマというのは、あの女性三人を引き連れている冒険者ですよね。ハーレムだというのに、ダストさんにまで手を出すとは。自分は遠くから見つめるか、隠し撮りの写真と日常の報告を受け取るしかできないというのに……。

夢でしか触れ合えないダストさんと、酒を酌み交わし肩を抱いて笑い合うなんて。

「羨ましいっ！」

女に手を出されるならまだしも、僕以外の男が傍にいるなんて許せません！

っと、これぐらいで取り乱してはいけませんね。ただでさえ、僕とダストさんの間には巨大な壁が立ち塞がっているのです。もっと心を大らかに、冷静さを失わないようにしないと。

ふぅ……、いつか実際にダストさんと言葉を交わして、隣に並び触れ合うことができるのでしょうか。

散歩がてら店を巡って様々な道具を手に取る。骨董品の中にはたまに掘り出し物があったりするので、結構バカにできない。

このネックレス、嘘を反転させる魔道具として売られていますが、どう見ても偽物。貴族の間で最近流行っているようですが、みんな簡単に騙されすぎですよ。

ただ安いですし、デザインは悪くないので購入してもいいですね。

「らっしゃい、らっしゃい。最近、仕入れたばかりの高性能な兜が安いよ！」

あの呼び込みの声は、何かとダストさんとイチャイチャすることが多い雑貨屋の主人じゃないですか。いつもいつも、僕に見せつけるようにじゃれ合っている……おや、店頭の目玉商品と書いてある兜は……もしや!?

「よろしいでしょうか」

「はい、らっしゃい。って、貴族様ですか。何かご用でしょうか」

この髪と目が貴族の証ですからね、一発で見抜かれてしまいましたか。ダストさんを見守るにも素性がバレることは避けた方がいいですよね。今度から変装でもした方がいいのかもしれません。

「その兜なのですが」

「おっ、これですかい。お目が高い！　中古の品ではありますが、かなり出来のいい逸品ですよ。見る人が見れば、お買い得だってことが分かってもらえるかと」

確かに質もいいようですが、それは些細な事です。この形状、この色つや、もしや以前ダストさんが使っていた兜では。

「どのような経緯で手に入れた兜なのでしょうか」

「いやね、いつもうちに迷惑をかけるチンピラ冒険者がいまして。そいつから高額で買い取ったんですよ」

これは……、間違いありません！　ありがとうございます、アクア様！　アクシズ教に入信して、毎日、祈りを捧げて本当に良かった。女神よ、感謝します！

魔剣を購入したとの報告は受けていましたが、兜を売ったことは知りませんでした。後で盗賊さんに細かく指示しておかないといけませんね。

「それを、売っていただけますか？」

「ご購入ですか。今、袋に入れますんで、少々お待ちください」

「いえ、そのままで結構ですよ」

今は、一分一秒も惜しい。ダストさんが被っていた兜を早く、早くっ！

「そ、そうですかい。毎度、ありがとうございます」

「これで、お釣りは結構です」

お金の受け渡しすらもどかしい。気がはやり、奪い取るように兜を受け取ってしまった。

店主が驚いた顔をしているが、それどころじゃないのです。

兜を抱きかかえ、足早に大通りを横切り裏路地に飛び込む。

辺りには……誰もいませんね。

こ、こ、これが、ダストさんが、被って、被って、髪や肌や唇が触れた兜おおおっ！

「すううううっ！　これがダストさんの匂い！　鉄臭さの中に仄かに残る汗の香り、これが、これがあああっ！」

一息だけだというのに、軽く達してしまいそうですよ。だが、まだです。ここからが本番です。やっちゃいますよ、本当にやってしまいますからね！

兜の側面を両手で挟み込み、天に掲げるように持ち上げる。

ああ、僕はこれからダストさんと一つになるんだ……。装着っ！

「今僕はダストさんに包まれているっ！　なんという幸福感。あ、あ、あ、あ、あああっ！　内側を舐め回してもいいですよねっ！　僕の物なのですからっ！」

もう離しません！　これからは外出時には必ずこの兜を被ります！

本当は家でも被り続けたいのですが、両親に反対されるでしょうからね。

この日から、僕の宝物がまた一つ増えました。

終章　あの過去を超えて

1

「ってわけでよ、酷い目に遭ったぜ」

行きつけの飯屋で身振り手振りを交え、一週間前にあったことを詳細は誤魔化しながら仲間に話したんだが、反応が鈍い。

じっとこっちを見ているだけで、俺が話し始めてから一度も口を開いてねえ。

「そっから、ずっと牢屋に放り込まれるしよ。ただ働きに加えて、この仕打ちだぜ」

話し終わったのだが、リーンもテイラーもキースも無反応だ。まるで俺がここにいないかのように。

「羽虫の羽音がうるさいけど、出発は何時だっけキース？」

「おう、ブンブンうっせえが、あと十分ぐらいじゃね。そろそろ、来ると思うんだけどよ」

「彼は真面目そうだった。時間はきちっと守ってくれるだろう」

俺を完全に無視して話してやがる。二週間音信不通になったのは悪かったが、こっちだって不慮の事故みたいなもんだったんだ。そこまで、怒らなくてもいいだろ。

リーンが知っていたようだから安心していたのだが、甘かったか。

「無視ってのは結構傷付くんだぞ！　声が聞こえねえってのなら、ここで今からとびっきり卑猥な話始めっからな！　……なあ、依頼ってなんだ？」

俺の問いにも誰も答えようとしない。こ、こいつら……。

「ほう、俺が見えないならしょうがねえ。つまり、何してもいいってことだよな。手始めにその寂しい胸――」

ドンッ、という音がしたかと思うと、テーブルに置いていた手の直ぐ脇に――ダガーが突き刺さっている。

そいつを刺したのは言うまでもなく、リーンだ。虫でも見るような見下した視線。

それにこのダガー、馬小屋で手を出しそうになった時に、俺のナニを切り落とそうとしたヤツじゃねえか。

「お、おい、悪かったよ。この通りだ、リーン」

机に頭を擦りつけて謝るが、あいつの返答は「お金がないなら、あの子に借りたら？」

それだけだった。

「皆さん、お待たせしました！　あれ、こちらの方は」

爽やかな笑みを浮かべこっちにやってくるのは、見たこともない男だった。

革鎧で背中には長剣を背負っている。見た感じは戦士系だが。

「これはただのごくつぶしなので、気にしないで。今日はよろしく」

「頼りにしてるぜ」

「あまり気負わずに、指示に従ってくれればいい」

「はい、よろしくお願いします！」

なんでこいつと親しげにしてやがる。騙されやすそうな顔をした男を、まるで仲間のように……。待てよ、まさか……。

「おい。もしかして、そいつ」

「この人は、二週間もいなかった、あんたの代わりに組むことになった人よ」

どうして、嫌な予感に限って的中すんだろうな。

2

「くっそ、マジで二週間も勾留しやがって。はぁ、サキュバスの褒美は無くなっちまうし、無一文どころかマイナスのまんまだしよ。損しかしてねえじゃねえか」

窓際の特等席に座り、ため息を吐く。

「楽して金儲けしている輩もいるってのによ。一方では俺みたいに一所懸命働いても、貧乏から抜け出せねえヤツがいるんだよな。なんて、不公平な世の中だ。クソッタレが」

俺の愚痴が店中に響くが、誰も返事をしない。

ここにはバニルの旦那とゆんゆんもいるというのに。

旦那は店の整理で忙しそうだが、ゆんゆんは対面の席に座ってトランプタワーしているだけなのにな。

さっきから、チラチラこっちを見ながらトランプに誘うきっかけを探しているようだが、それを無視していたら不機嫌な面になっている。

「あー不幸だぜ。こんな恵まれない男に、そっと金を差し出して飯を奢ってやろうっていう、優しい友達はいないもんかね」

「友達と言ったら、なんでも言う事を聞くと思わないでくださいよ」

「買わないのであれば、とっと店を出ていくがよい。我輩は無能店主の買い込んだ不良品の在庫をどうにかせねばならんのだ」

「旦那もクソガキも、ちっとは優しくしてくれよ」

バニルの旦那は掃除を続け、ゆんゆんはトランプタワーの最上段に取り掛かっている。

仲間は俺を置いて冒険に出発したし、誰か俺の相手をしてくれ。

「人をクソガキ呼ばわりする人に、優しくする必要はないです」

吐き捨てるように言われてイラっとしたから、机の縁を摑んでガタガタ揺らしておく。

「や、やめてください！　今日のはトランプを二つ使った大作なんですよ！」

「しゃあねえから、一緒に遊んでやんよ。トランプ崩しでいいよな。俺から先攻だ」

「きゃーっ！　そんなことするから、モテないんですよ！」

机を押さえながら抵抗するゆんゆんをからかっていると、バニルの旦那がダンッと勢いよく小さな箱を置いた。

「ああああっ！　今の衝撃でタワーがっ⁉」

「おや、いたのか。ぼっちを極めし者よ。一つだけ無料で魔道具をくれてやる代わりに、その娘を連れて立ち去るがいい、チンピラ冒険者よ」

「おっ、タダでくれるのか？　ありがてえ。病気とアクシズ教団の入信書以外なら喜んでもらうぜ」

置かれた小さな箱をまじまじと見るが、これがなんなのかサッパリだ。

「旦那、この箱はどんな魔道具なんだ？」

「冒険中のトイレ事情を一変させる画期的な魔道具。箱を開けるだけで完成する、魔法で圧縮された簡易トイレである。おまけに水洗、消音機能も完備。女性も安心して使えるという優れものとなっている」

「おっ、いい物じゃねえか！　返せと言われても、もう返さねえからなっ！」

何の気まぐれだろうが、これなら金になる。リーンもそうだが、女冒険者の野外でのトイレは問題が多いからな。

「そんなケチなことは言わぬ。ただ少々問題があってな、消音機能の音が大きいのだ。魔物が寄ってくるぐらいに。それと水を生成してくれるのはいいが、制御ができないので辺りが水浸しのおまけつきという、お得なオプションもついておる」

「欠陥品じゃねえか……。やっぱ、いらないっすわ」

「ふむ。返品が認められなかった品を押し付けたかったのだが。ならば、これはどうだ」

簡易トイレを旦那が回収すると、代わりに今度は大きな球を置いた。

透明の球だが、中心部でたまにバチバチと弾ける光が見える。

「旦那これは？」

「強力な雷撃を封印してある球だ。凶悪な魔物も気絶させることができる威力らしい」

「確かに、強い魔力を感じますよ」

立ち直ったゆんゆんが覗き込み感心している。紅魔族が言うのだから間違いはないだろう。だが……。この流れは嫌な予感しかしない。

「欠点は？」

「珍しく慎重ではないか。問題点は両手で握っていないと発動せず、放たれた雷撃は前に飛ばず、真下にしか落ちないということぐらいである」

「自爆しかできねえじゃねえか……。旦那、遠慮するぜ」

球を旦那に返すと、大きくため息を吐いた。

「やはり、いらぬか。商才が腐り果てた店主が買い占めた無駄な品々を、少しでも処分できると思ったのだが。上手くはいかぬようだ。まあよい、欲しくなったらいつでも来るがいい。無料で提供しようではないか」

いつも自信満々で人をからかっている旦那を、ここまで意気消沈させるなんて、店主さん相当だな。

「それよりも、旦那聞いてくれよ！　仲間達が俺を無視して、臨時で雇ったヤツと冒険に行きやがったんだぜ。信じられないだろ！」

「とうとう愛想を尽かされてしまったか、自業自得である。人として至極当然な判断といえるな」

「ですよね。むしろ、今までよく我慢してきたと思います」

「仲間ってのは、苦楽を共にするもんだろうがよ。俺が借金したら共に返済し、友がぼろ儲けしたら俺に奢るってのが、人の道じゃねえか」

旦那達まで仲間の肩を持つのか。

「お主しか得をしておらぬな。悪魔である我輩が言うのもあれだが、人としての倫理観が欠如しているのではないか？」

「ダストさんが人の道って……。めぐみんが今日は爆裂魔法撃たない。って宣言するより説得力ないです。仲間はと——っても大切なんですよ！」

二人とも味方をしてくれないどころか、ゆんゆんは調子に乗って小言を口にしている。

リーンとテイラーも顔を合わせれば説教ばかりだ。どいつもこいつも生真面目過ぎるだろ。

融通の利かない堅物なんて苦労を背負わされるだけで、人生損ばっかりで得はなんもないぞ……。

「どうした、急に黙り込んで。そんな物憂げな顔は似合わぬぞ」

「あっ、珍しく真面目な顔してますね」

「ほっとけ。ちっ、辛気臭くなっちまった。俺はもう行くぜ」

また昔を思い出しちまった。これ以上追及される前におさらばしとくか。

席を立ち扉の前まで移動する。

「過去と決別したチンピラ冒険者よ。見通す悪魔である我輩が一つアドバイスしよう。決して油断はせぬことだ」

「お、おう。なんのことか分かんねえけど、ご忠告感謝するぜ、旦那」

背中越しに聞こえたバニルの旦那の声に反応して、礼を口にしてから魔道具店を出る。

「旦那には見抜かれているのかね。もう吹っ切れたつもりなんだけどな……」

はぁ……。うじうじ考えるなんてらしくないか。

過去よりも今だ。今日をどうやって生き延びるかを考えないと。

「金を稼ぐしかねえか」

となると、冒険者ギルドで手頃な依頼を探すしかないんだが。

「面倒くせぇな」

二週間、何もしないで飯が出る生活を続けると何もかもがだるい。

と言ってられる場合でもないか。冒険者ギルドに行ってみるかな。

「ちーっす」

派手に入り口の扉を開くと、全員の視線が俺に集まる。

驚いた表情でじっと俺を見てる冒険者達。

「おうおう、どいつもこいつもしけた面してやがんな。ダスト様のご帰還だぜ」

ここも久々に来るな。肩で風を切るように大股で堂々と、ギルドのど真ん中を突っ切っていく。

顔見知りの冒険者達がくつろいでいる席の近くを通った時、そいつらの声が微かに聞こえたので、歩く速度を落とし聞き耳を立てる。

「おい、ダスト無事じゃねえか」

「誰だよ、ダストが変な病気貰って入院しているって言ったのは」

「俺は検察官のセナに痴漢して捕まって、一年は牢屋から出られないって聞いたぞ」

「えっ、ミツルギさんにちょっかい出して、街から逃亡したんじゃねえのか？　お前、そう言っていたよな」

「だって、二週間も大人しくしているなんてあり得ないじゃない。リーン達に聞いても、そのことには触れたくないの。って、意味深なことを言ってたし」

　完全に足が止まった。

　こいつらが俺に注目しているのは、そんな理由かっ！

「てめえら、好き勝手言ってんじゃねえぞ！　ピンピンしてんよ！」

　ギルド内に響き渡るような大声で言い放つと、場が静まり返った。

「けっ、怒鳴られてビビるぐれえなら、陰口なんて叩くんじゃねえよ」

「あーくそっ、ダスト元気じゃねえか！」

「ここ暫く、ギルドが平和だったのによっ！」

「一か月はダストがこないってのに、一万エリス賭けてたんだぞ。クソッタレが！」

　一転して、悲鳴と罵倒が飛び交っている。

「俺で賭けしてやがったのかこいつら！　先に言えよ！　そしたら、俺も一口乗ったのによっ！」

「ダストさんが来ると、活気づきますね。お久しぶりです」

苦笑いを浮かべながら声をかけてきたのは、ギルドの受付嬢ルナだ。

今日もたわわに実ったシンボルが目に飛び込んでくる。無意識に目がいってしまう。

「おう、元気に揺らしてたか？」

「ギルドを出禁にしますよ？」

営業スマイルで切り返す言葉のキレ味は、今日も鋭いな。

冒険者を毎日相手しているだけあって、ちょっとやそっとじゃ動じない。

「俺を出禁にしたら、ギルドの損失になっちまうぜ」

「そうでしょうか。二週間近くいなかった間も無事に営業を続けていましたよ」

おっと、今日は棘がいつもより多くないか。笑顔は笑顔なんだが、いつにも増して迫力がある。ルナを怒らすような真似をした覚えはないんだが。

「そ、そうか。手頃な依頼なんかねえか？」

今日は絡まずに話を切り替えた方がよさそうだ。女が怖いのは、ここ最近で嫌というほど学ばされた。

「そうですね、春先なのであるにはあるのですが……テイラーさん達は臨時のメンバーを雇って出発されましたよ？」

頬に指を当てて小首を傾げているな。もう、そんな仕草が許される歳じゃないぞ。……と口にしそうになったが、ぐっとこらえた。

これ以上余計なことを言ったら、出禁どころか冒険者カードを没収されそうだ。

「ソロでやるのは難しいですよ？　最近はソロで活躍されている、アークウィザードの方もいらっしゃるのですが」

「おいおい、ぼっちの魔法使いって珍しいヤツだな。カズマのところの爆裂娘じゃ、絶対に無理だぜ」

「そうですね。普通は前衛に守られて後方から魔法を撃つものですから」

ぼっちで成り立つってことは、相当な腕利きなのか。どんなヤツか興味はあるが……ん？　ぼっちの魔法使い……。一人心当たりがあるような。

気にはなるが今は金だ金。他人の事より自分の事だ。

「キャベツの収穫はもう少し先ですし、そうなるとジャイアントトードなのですが……。街の周辺で冬眠していたジャイアントトードが、街付近で深夜に放たれた爆裂魔法の影響で目覚めてしまい、近場にはもういないのではないかと。実際、駆除の依頼がありません」

「そういや……、カズマと一緒に牢屋で寝泊まりしてた夜に、外で派手にやってたバカがいたらしいな」

かなり騒がしかったらしいが、俺は熟睡していて記憶にないんだよ。

あの近所迷惑な一件は、すぐに犯人がバレた。……バレたというか、そいつしかいないから間違いようがない。

そりゃまあ、そうだ。この街で爆裂魔法を操れるのは、カズマのところの爆裂娘か魔道具店の貧乏店主ぐらい。そしてそんな非常識なことをやるのがどっちかなんて、考えるだけ時間の無駄だ。

「なので、街での雑用か少し遠出になります。ですが、ダストさんは……、その、雑用はちょっと……お任せできません」

肩をすぼめて俺と視線を合わせずに、指をせわしなく動かす。……なんか隠しているな。

「いつもなら、そんな地味な仕事はしねえけどよ、背に腹は代えられねえからな。できるだけ楽な仕事を回してくれんなら、喜んでやるぜ」

「それでも、楽な仕事を望むのですか……。そもそも、選り好みなんてできませんよ。それどころか……もう、言っちゃった方がいいですね。依頼者の皆さんが口をそろえて、ダストさんだけはやめてくれ。と逆指名がありましたので」

「はぁーん？　どういうこったよ」

「一言で申しますと、日頃の行いの結果です。街で問題行動ばかり起こしているので、皆さんが警戒しているのですよ」

「おいおい、言いがかりはよしてくれよ。俺が何をしたってんだ」

酔っぱらった勢いで少々騒いだりはするが、大袈裟に誇張されていそうだ。

誰だってそれぐらいの事はやるだろ。バカなことを言いふらしたヤツを見つけ出して、傷ついた心を癒すための酒代をせしめないとな。

「何をしたかですか……。ダストさんへの苦情をまとめた資料を読みますね。女風呂の覗き、常習的な無銭飲食、警察官への暴行、器物破損、詐欺、喧嘩騒ぎ、強引なナンパ……。まだまだありますが、お聞きになりますか？」

「今日のところは、このぐらいにしておいてやらー！」

これ以上ここに居座るのは得策じゃないと判断して、とっとと冒険者ギルドから出ていくことにした。

しっかし、ギルドで依頼を受けられないのはマジで困る。これも全てリーン達が俺を残して冒険に行きやがったせいだ！　あいつら帰ってきたら覚えとけよ。依頼料目当てに、たかりまくってやるからなっ！

「はぁー、ひもじいぜ」

腹がギュルギュルとさっきから、いい音を奏でる。

どっかでタダ飯を食うか金借りないと、今日は耐えられるとしても明日からがヤバい。

「金か。……そういや、金に困ってねえのが親友にいるじゃねえか」

最近まで俺以上の借金大王で貧困生活だったのが、魔王軍幹部を討伐した賞金でウハウハなヤツがよ！

「カズマにたかるか。きわどい格好をしたいい女がいる飲食店があるから、とか言っておけば、ほいほいついてくるに決まってる。そんで、おだてれば……ダチって大切だよなぁ」

それに、ケチなことを言ってきても、カズマ達と組んで冒険に行く手もある。一人であいつらを制御できるとは思わないが、そこはダチに任せばいい。

あの三人娘をどうにかできるのはカズマだけだ。

もちろん、俺だって奢られっぱなしじゃない。困った時は手を貸すし、大金手に入れたら倍にして返す予定だ。金が入るかどうかは未定だが。

「なんだかんだで、上手くやってるよなカズマは。いつの間にかお屋敷まで手に入れ、美人と同居。普通なら気が狂いそうなぐらいに妬ましいはずなんだが、あの三人と一つ屋根の下か……。どう、なんだろうなぁ」

酒好き宴会好きのアクシズ教のアークプリースト。

爆裂魔法しか能のないアークウィザード。

攻撃の当たらないドMクルセイダー。

……やっぱ、羨ましくねえや。

「おっ、もう着いたか。相変わらず立派な屋敷だぜ。さてと。カズマ、いるかー！」

扉の前で呼んだんだが、誰も出てこない。もう三度大声で呼んだが、物音一つしないぞ。

誰もいないのか？

「マジで誰もいねえのかよ。おいおい、どうすんだ」

頼みの綱だったカズマがいないとなると、話が大きく変わってくる。

こうなったら、リーン達に頭下げるしかないのか？　大口叩いた後に頼みこむのは、さすがに気が引けるっちゅうか、俺にもプライドってもんがな。

金とプライドを天秤にかけてみた結果……金に大きく傾いた。

「戻ってきたら、謝るか。しゃーねえ」

俺も若干悪かったからな。ここは男らしく頭の一つでも下げるか。

かなり遠方にでも行ってなければ、カズマか仲間が明日には戻ってくるだろう。今日だけ寝床を確保して、食事にありつけたらいいんだが。

どこかに殴って金を巻き上げても大丈夫そうなチンピラがいないか、裏路地をうろついてみたんだが、こんな日に限って誰とも出くわさない。

「今日はついてねえ。そもそも、この街は治安が良すぎんだよな」

アクセルの街は他と比べてかなり平和だ。商人もバニルの旦那やオッサンのように商魂たくましく、気が強い連中が多いからな。住民だって他の街と比べたら、変わり者が多い。

冒険者も個性派揃いで……退屈しない街だよ、まったく。

「ここに来たのは間違いじゃなかったか」

こんな下らないことで、いつまでも仲違いしている場合じゃない。今から後を追って、謝って合流させてもらうか。

俺は考えを改めて仲間達がどこへ向かったのか、ギルドへ教えてもらいに踵を返すと、背後から俺を呼ぶ声が。

「ダストさーん、どうしたんですか？」

ロリサキュバスが村娘の格好で裏路地の曲がり角から、ひょこっと顔を出している。

考え事をしている間に、いつもの癖でサキュバスの店の近くに来ていたのか。

「あーっ、もしかして、一週間無料の事で文句を言いに来たのですか？　悪魔は契約を重んじますので、どんな事情があろうと一度交わした契約は取り消しも変更もできませんよ」

あの時は二週間も拘束されるなんて、思いもしなかったからな。今更、もう一度一週間無料にしてくれとは言わな……言いたいな。

だが、悪魔との契約は絶対だ。ここは甘んじて受け入れるか。

「そんな、せこいことは言わねえよ」

それに、今はリーン達を探しに行かないと。こんな俺と組んでくれている仲間だ。何よりも優先して当然。過去よりも今だろ。

「そうなんですか。欲望の権化であるダストさんらしくないですね。……どうしたんです？」

「どうもしねえよ。俺は忙しいんだ。用がないなら行くぞ」

早くしないと、リーン達との距離が広がる。

「そうなんですか。じゃあ、用件だけ伝えておきますね。前に助けてもらったお礼が無効になったのは、さすがに申し訳ないということになりまして。今日一日だけ無理を言ってお店を休みにしてもらいました。それでダストさんの貸し切りにして、みんな総出でもてなそうという話に。でも、忙しいなら残念ですが……」

「誰が忙しいなんて言ったんだ」

「えっ、ダストさんが今」

「気のせいだ。詳しい話を早うっ！」

リーン達のことは気になるが、帰ってきてからでいいか。命に関わるような事でもないしな。今はこっちの方が重要だ！

「でも、いいんですか。急いでいるようでしたが」

「おう、気にすんな。俺は全く気にしてねえ」

こんなチャンスは二度とないからな。逃してたまるか。

仲間達だってきっと分かってくれるさ。俺は信じているぜ……。

「では、今日の夜お越しください。ご馳走も用意しておきますので、晩御飯は食べないでくださいね」

「あいよ。楽しみにしてんぜ」

最悪な状況から一転して最高の日になりそうだ。

これで飯の心配も消え失せた。あとは夜を待つだけか。サキュバス達がもてなしてくれるのか、あー楽しみすぎてヤバイぞ。

やっぱり、夜のサービスも込みだよな。夢も最高だが現実であんな色っぽい姉ちゃんに囲まれたら。……くううっ、早く夜になれ。

「でだ……っているのか」

なんだ、どこかからムサい男の声がしてこなかったか。

周囲を見回してみるが、見覚えのない場所だ。妄想を膨らますのに忙しくて裏路地の奥の方まで入り込んでいた。

「はい……。入り込めたようです」

今度はさっきと違う男の声か。この先の曲がり角からっぽいな。

ちょうど、夜まで時間を持て余していたところだ。暇つぶしも兼ねて様子をうかがってみるか。今日の俺はついてるからな。儲け話でもしていたら万々歳なんだが。

足音を消し、曲がり角までそっと移動する。俺は直接覗き込まずに、剣を抜き刀身に相手の姿を映す。

胡散臭い顔をした野郎が二人か。あの面からして、まともなヤツらじゃないな。犯罪臭がプンプンする。

「しっかし、この街はどうなってやがんだ。駆け出し冒険者の街じゃなかったのかよ」

「そう聞いていたんですがねえ。一癖も二癖もある連中ばっかで、上手くいきやせん」

「あいつら本当に駆け出しなのか？」

サキュバスの店のおかげで、中堅冒険者もこの街に残っているからな。離れられない気持ちはよーく分かる。

しかし、この声はどこかで聞いたことがあるような気がするのだが？

「誘拐も失敗しちまったからな。まさか貴族の令嬢がアレだとは思わねえよ……。金のためにいやいや誘拐しようとしたってのに」

「邪魔者も入りやしたしね。あんなのじゃなけりゃ、こっちもやる気が出たんですが。あの見てくれはないですわ」

おいおい。こいつらもしかしなくても、ダクネスを誘拐しようとした奇特な連中だ。

セナもなんか言っていたな。犯罪者集団がアクセルの街に入り込んでいるとかどうとか。

これは首を突っ込まない方がいいか。顔バレもしている。いつもなら仲間と一緒に、アジトを襲って金品巻き上げるとこだが、今は一人だ。

それに夜は絶対に外せない。見なかったことにするわけには……いかないか。警察にでも伝えておくとするか。

物音に注意してその場を後にしようとした時――。

「リーンっていったか。あいつが入り込んだパーティーにいるロリ顔の女は」

今、なんて言った。聞き間違えでなければ、リーンという名前を口にしなかったか。

「ええ、あの可愛らしい顔をした女はリーンという名前でした。所属しているパーティーのメンバーは男二人に女一人ですぜ。仲間が一人足りないらしく、いとも簡単に受け入れられやした」

「あいつの見てくれが善人っぽいおかげで、簡単に相手が信用してくれるから楽なもんだ。男達は気絶させて身ぐるみ剝げばいい。男は乱暴に扱って構わねえが、女の方は優しく丁寧に泣かさないように接するんだぞ。あれだけのロリ顔は貴重だからな」

「もう少し若い方がいいっすけど、実年齢より若く見えるってのはポイント高いっすよね」

「肉体的にも幼い方がグッとくるが、贅沢は言えん。いっそのこと数百年生きていながら幼女という展開の方が好ましいが」

「ロリババアっすか。それはどうなんっすかね。やはり、精神と肉体の幼さが共存してこそのロリじゃないっすか」

「だから、お前はいつまでも下っ端なのだ。ロリの定義が固定化されているようだな。もっと寛容な心でロリを受け入れろ。ギャップ萌えというものを知っているか？」

「ギャップ萌え……。なんすか、その心地よく心に浸透する甘美な響きの言葉は」

後半は殆ど聞き取れなかったが、誘拐という深刻な話のはずなのに……なんかおかしくないか？

妙にリーンのことを褒めているというか、犯罪者とは思えない優しさが垣間見えるんだが。

「お得意様からの依頼じゃなけりゃ、渡したくねえところだが。金が無けりゃどうしようもねえからな」

「そうっすね、親分。せめて、貴族に渡すまでは丁寧に扱わねえと。それが俺達の使命みたいなもんっすから。予定の場所に、そろそろ移動しやせんか。仲間は先に行ってますが、我々も不意打ちの準備しねえといけやせんので」

これは確定か……。見逃す理由が消えた。

バカだよなテイラー達も。だから、善人に見えるヤツは信用ならないって、日頃から言ってたのによ。

発言内容の所々におかしな点があるが、誘拐犯であることは間違いない。仲間の安否が懸かっているからには、容赦は無用だな。

「そうだな。遅れるわけにもいかねえ」

「おーい、ちょっと待ちな」

俺の呼びかけに振り返った、親分と呼ばれていた男の顔面に拳を叩き込んだ。

何が起こったのか理解が追い付かず、反応が遅れたもう一人の股間を蹴り上げる。

「ひぐっ!!」

不意を突けばざっとこんなもんよ。

さーて、泡吹いているのは放っておいて、伸びている親分を縛り上げないと。縄がないから、子分らしき男のベルトを使うか。

よっし、これで逃げられない。どうせ縛るなら女がいいが……。それはさておき、詳しい話を聞かせてもらうとしよう。

「とっとと起きろ。おいっ」

地面に転がっている親分の腹に軽く蹴りを入れると、「ふごぅっ」と空気を吐き出し咳き込んだ。

「お目覚めの気分はどうだ？」

「何しやがんだっ！　……マジで何してんだ!?」

「見て分かんねえか？　金になりそうなものを奪ってんだよ」

子分だけあって財布は薄っすいな。他に金目のものは短剣ぐらいか。かーっ、貧乏だね。

ついでだ、着てる服も引ん剝いてパクっちまえ。

「服まで奪ってやがる……。ひでぇ」

親分がなんかほざいていやがるが、無視だ無視。

取るものを取ったことだし、裏路地に転がっていたガラス瓶も割っておくか。

おっと、靴も脱がしておくぞ。こうしておけば、万が一逃げ出された時も直ぐに追いつけるからな。裸足で割れたガラスの上を走る勇気があればの話だが。

「もっと金貯め込んでおけよ。これっぽっちか。……じゃねえ。お前ら、さっきの話を詳しく聞かせてくれよ」

「さっきの話だと。何のことか分からんな。大体、なんでそんなことを聞きたがる。お前には関係ないことだろうが」

一丁前にとぼけるのか。面倒だな。

口を割らせる方法はいくらでもあるが、時間が惜しいからさっさとやるか。

「てめえらが罠にかけようとしている相手は、残念ながら俺のパーティーメンバーらしくてな。見過ごすわけにもいかねえんだよ」

「ロリ談議ではなく、そっちの方かっ！」

親分の顔色が変わった。ただの正義感を出した冒険者ぐらいの認識だったのだろうな。

ここまでの関係者だとは思わないよな、普通。

「うーし、俺の質問に答えろ。嘘を吐いたり、しらばっくれた場合……」

「けっ、もしかして殴ってでも吐かせる、とか言い出すつもりか？　無抵抗の相手に暴力を振るうなんてことしねえよな。冒険者様が」

「そんな野蛮なことするかよ。そうだな……。裸の子分とお前で面白おかしく遊ぶか」

「えっ？」

俺の発言が予想外だったようだな。ポカーンと大口を開けた間抜け面を晒している。

「まずは、気絶したこいつと熱烈なキスでもさせるか。んでもって、大股開きをしたこいつの股間に顔を埋めさせて」

「おい、やめろっ！　じょ、冗談だよな？」

「冗談が現実になるかは、お前の返答次第だぜ」

暴力を振るわずに平和的解決への交渉をしてやる優しさ。

満面の笑みを浮かべて、裸の子分へゆっくりと歩み寄る。

その体を後ろから抱き上げて引っ張っていくと、涙目でこっちを見て、頭を激しく振っている親分と目が合った。

3

「生温かいアレが……。生温かいアレが……」

「結構、しぶとかったな。あそこで心が折れちまったが」

全てを吐き出してくれたお礼に、裸の子分と一緒に簀巻きにしておいた。

妙な道に目覚めないといいな。

しかし、誘拐をするような犯罪集団がアクセルの街にいるのか。ここは俺が仕切る街だ。余所者にデカい顔をさせる気は毛頭ないぞ。

「ちと、ミスっちまったな」

親分は集合場所を知らず、男の大事な部分を蹴り上げられた子分にしか分からないらしい。そいつは完全に気を失っていて、何をしても意識が戻らなかった。

だけど、アイツらの向かった先なら知る術はある。

路地の途中にサキュバスの店があったのを思い出し、少し遠回りになるが立ち寄ることにした。まだ約束の時間には早すぎるが、遠慮なく扉を開け放つ。

「すみません。今日は臨時休業でして……。あれっ、ダストさんどうしたんですか。まだ準備もしてませんよ」

店内には見飽きたロリサキュバスしかいない。

「お前でもいいか。裏路地に縛られた男が濃厚に絡み合っていると、警察に伝えておいてくれ。前にダクネスを襲った連中だ。俺は忙しいから後は頼んだぞ」

「えっ、お手柄じゃないですか！　どうしたんです？　いつものダストさんなら、警察に嫌みを言いながら自慢する流れですよ」

「時間がねえんだよ。頼んだぞ！」

「ちょっ、ちょっと詳し」

返事も待たずに次の目的地へ向かう。

ギルドで仲間の向かった場所を聞き出さないとな。

通いなれた道を全力で駆け抜け、息を整える時間もなくギルドへ飛び込む。

そのままカウンターにいるルナへと駆け寄った。

「お早いお帰りですね。依頼を一緒に受ける人が見つかりましたか？」

「それどころじゃねえんだよ。リーン達が受けた依頼を教えてくれ！」

ここでどうでもいい会話に割く時間が惜しい。さっさと場所を聞き出して後を追わないと、間に合わない可能性もある。

「ど、どうしたのですか。ちょっと落ち着いてください」

「いいから、さっさと教えてくれよ！」

「え、ええとですね。その、リーンさん達に口止めされているのですよ。ダストが嫉妬して邪魔しに来るかもしれないから、目的地は話さないで、と」

「あのバカがっ！　余計な事だけは頭がよく回りやがる。非常事態なんだ、頼む！」

俺が手を合わせ頭を下げるが、ルナは慌てるだけで話そうとはしない。

ギルドは信頼が一番だ。そこの看板でもある受け付けのルナの口が堅いのは理解している。だが、今はそういう状況じゃないんだよ。

全てを明かすしかないか。

「ちゃんと理由を話してください。そうでなければ私も話せませんよ」

「実は……あいつらが組んだヤツがいるだろ。そいつはこの街に流れてきた犯罪者集団の一員だ」

「冗談……じゃ、なさそうですね。詳しく教えてください」

俺の真剣な目を見て、すっと冷静になったルナがこっちを見つめている。

多くの冒険者を相手にしてきただけはある。俺がマジなのを一瞬で見抜いた。

「ちょっと、待ってくれ。その話、私も興味がある」

何故かカウンターの向こうから現れたセナが、眼鏡の鼻当てをくいっと指で押し上げて、話に割り込んできた。

「なんで、セナがここにいんだ？」

「ちょっと、ルナと会合の打ち合わせでな。それは、どうでもいい。その犯罪者集団というのは、もしや」

「ああ、前に話しただろ、あそこで」

「あの時のか……」

少し顔が赤いが、サキュバスの店での格好を思い出したようだな。

いつもならからかうところだが、今日は勘弁してやる。

縛ったヤツらのことも話しておきたい。ちょうどいいか。セナもいた方が話の説得力も増すだろう。

「とはいえ、この場所で話す内容ではないな。ルナ、奥の部屋を一つ借りていいか？」

「はい、構いませんよ。私も同席しますね」

ルナに促され立ち上がり奥へと移動しようとすると、後方から俺の名を呼ぶ声がしたので振り返る。

「あっ、いたいた！　もう、ダストさん。裏路地だけじゃ分かりませんよ。詳しい場所をちゃんと教えてくれないと」

眉根を寄せて怒っているらしい、ロリサキュバスがそこにいた。

4

「つまり、以前ダクネスさんを誘拐しようとした連中が、今度はダストさんの仲間達を騙してパーティーに入り込んだのですね。そして、待ち伏せした場所で襲い、金品を強奪。

リーンさんを誘拐して貴族に渡す手筈になっていると。人身売買ですか……」

俺から聞いた説明を、セナが口に出しながらまとめていた。

本来は依頼人の相談を受ける狭い個室に、俺とセナ、ルナ、そして何故かロリサキュバスまでいる。

「そういうことなら話は別ですね。分かりました、どこに向かわれたかお話しします。ここから徒歩でなら半日以上はかかる場所です。キールのダンジョンの近くにゴブリンの群れがいるとの、討伐依頼が来ていましたので」

キールのダンジョンって、あの駆け出し冒険者がダンジョン探索の練習に愛用している場所か。俺も世話になったことがある。

確か街から山に向かって半日進み、そこから山に入って獣道を通らないとたどり着けないんだよな。

「昼過ぎに出発したなら、到着は夜か。山道を夜に進むのは無謀だ。ってことは、野宿してから早朝に強襲ってとこか」

「それが、冒険者としてのセオリーですからね。マニュアルにもそう書いています」

ルナの言うマニュアルというのはギルドにおいてある、初心者向け冒険の手引書のことだ。懇切丁寧に初心者に向けたアドバイスや説明が記載されている。

冒険者なら一度は目を通しているものだが、俺は読んだ記憶がない。

「それだと、ダストの仲間を襲うなら深夜が最適か。潜り込んだ者が見張りを担当している時にやれば……」

「簡単なお仕事ってわけか」

言い淀むセナの後を継ぐ。この推論は間違いないだろう。俺が連中ならそうすると断言できる。

「あいつらが出てから結構時間が経過しちまっている。急いで後を追っても間に合うかどうか」

「それに、連中は最低でも十名はいるとの報告を受けている。一人で向かうのは無謀だ」

そんなものセナに言われるまでもない。それに連中の中に最低一人は腕利きがいる可能性が高い。ダクネス誘拐未遂の時に感じた視線。あれだけの殺気を放てるのは経験上、相当ヤバイヤツだ。

こうなったら、出世払いで冒険者達を雇うしか。非常事態だからギルドも都合をつけてくれるだろう。

「ルナ。今、仕事を頼める連中はいるか？」

「それがですね、賞金で冬を過ごした皆さんのお金が尽きたらしく、ほとんどの人が冒険に出ていまして……」

「最悪じゃねえか。でもよ、誰か残ってねえのか？　何人かは暇なヤツいるだろ」

「夕方にでもなれば、仕事終わりの方々が集まってくるのですが」

それまで待ったら、絶対に間に合わない。

さっきギルド内を見回したが、こういう時に限ってゆんゆんもいなかったからな。魔法使いとしての実力だけなら相当なものだというのに。

「警察としては不確定な情報では人員を割くことができない。すまない」

セナが頭を下げているが、律儀な女だ。親分が黙秘を続けているので、証拠は俺の証言のみ。それも警察に何度も世話になっている身だ。セナが信じたところで他が信じないか。

「しゃあねえ、俺一人で追うか。仕掛けられる前に合流できれば、なんとでもなるだろうよ。ただそうなると、足が必要だ。馬か馬車があるといいんだが」

徒歩で今からじゃ、どう足掻いても間に合わないか。

乗合馬車のルートでもねえ。……最悪の場合、馬を盗んでも追うぞ。今更、犯罪の一つや二つ加算されても別にどうってことはない。

「ちょっと待ってください。私に心当たりがあります」

ずっと沈黙を守っていたロリサキュバスが一回手を打ち合わせ、大きく一度頷いている。

サキュバスの知り合いとなると、もしかして上級悪魔に伝手があるのか？

もしかしてバニルの旦那のことなのか。旦那は気分屋だから同じ悪魔が頼んだ方が効果的か。なら任せるのが得策だよな。

　バニルの旦那の手を借りるのは不安もあるが、今は手段を選んでいる場合じゃない。使えるものはなんだって使わせてもらうぜ。


「で、なんでこいつなんだ」

　アクセルの正門で待っていてくれと言うから、旅に必要なものを急いで雑貨屋と魔道具店からかき集め、背負い袋に詰め込んで持ってきた。が、なんで助っ人がこいつなんだ。

　魔道具店に寄った時にロリサキュバスが旦那と話し込んでいたから、同行を頼んでいると思っていたんだが違ったのか。

「お久しぶりです。ダストさん」

　兜越しのくぐもって聞こえる声に聞き覚えはある。

　というか、兜に見覚えがありすぎる。嘘を看破する魔道具の一件で世話になった、兜野郎だよな。

「あのよ、俺は戦力が欲しかったんだが。貴族のお坊ちゃまに用はねえぞ」

「ご心配いりません。幼少の折から騎士になるべく鍛えられてきましたので。槍の腕ならちょっとしたものですよ」

手にした槍を軽快に振り回す姿が、さまにはなっている。

槍ねぇ。貴族で槍が得意……か。

「どうしたんですか、ダストさん」

おっと、至近距離から顔を覗き込むな。

性的魅力を一切感じないとはいえ、びっくりするだろうが。

「なんでもねぇよ。今は戦力が一人増えるだけでもマシだ」

いざとなったら貴族だということを連中にばらせば、人質目的で兜野郎は命が助かるかもしれない。

「兜さんはダストさんのピンチを伝えたら、私も同行すると即断してくれたんですよ。それだけじゃなく、直ぐに馬も用意してくれて」

「その二頭の馬がそうなのか」

毛艶もよく、筋肉のバランスもいい。気性も荒くないようだ。飼育が行き届いているようだな。さすが、貴族様だ。

「我が家で所有している二頭です。ダストさん、乗馬はできますか？　乗れないのであれば、私の後ろに乗ってくださっても……」

「まあ、乗る程度なら問題はねぇよ」

馬に乗るのは久々だが、体が覚えている。

「しっかし、よくこいつと連絡が取れたな。住所知っていたのか？」

「あーえーと、偶然近くにいらしたので、直ぐに見つけられました」

「偶然です」

偶然ならなんで、こいつら目を逸らしているんだ。

なんかやましいことでもしてたのか？　貴族なのにサキュバスの店を愛用しているからな。女湯でも覗こうとしていたところを、こいつに見つかったってオチかもしれん。

「まあ、バレないようにやるこったな」

同情を込めて兜野郎の肩を叩くと、兜の奥から妙な視線を感じる。

ハァハァと荒い息も相変わらずだ。

「はい、バレないように頑張ります！」

「お、おう」

覗きに気合い入れすぎだ。励ましたからって興奮して顔を近づけるな、ハァハァうるさいんだよ。

「おい、なんでお前、そんな顔でこっち見てんだ」

ロリサキュバスが俺達を見つめ、「あちゃー」と言いいながら額に手を添えている。

犯罪行為を助長するようなことを言ったからか？　覗きぐらい男のたしなみだろ。……これを警察の前で言ったら牢屋に放り込まれかけたけどな。

「って、無駄話はここまでにすっぞ。出発するが問題ねえな？」

「いつでも大丈夫です」

いい返事だ。やる気も十分なようだな。

俺が馬の鞍にまたがると、兜野郎も乗馬した。

「では、常連のお二人が無事に帰ってくることを願っていますね」

見送ろうとしているロリサキュバスが、馬上の俺達に手を振っている。

わざわざ常連を付けるところが、商魂たくましい。

「ん？　お前も一緒に来るんだぜ」

俺はそう言うと手を摑み、返事を待たずに馬上へと引っ張り上げた。

そのまま、俺の前に強引に座らせると出発する。

「えっ、私が……なんでえええええぇぇぇ」

あの連中は幼く見える女には甘いようだったからな。お前さんなら囮役として適任だろ？

5

「風が気持ちいいですねー。あっ、遠くに可愛らしい鳥が見えますよ！」

ロリサキュバスが馬上から風景を楽しみながらはしゃいでいる。

当初はぐずっていたのに今はご機嫌だ。

「あの角の生えたウサギ可愛いですよね！　歩き方も可愛らしいなぁ。お店で飼えたらいいのに」

「ありゃ、一角ウサギだ。そうやって人に媚びるような動きで、ほいほい近づいてきたところを刺し殺す手口だぞ」

「えー……」

あれでもモンスターだからな。ちなみに肉食だ。

ふいに視線を感じたので振り返ると、後方からついてきている兜野郎と目が合った。……と思う。兜に隠れて顔が見えないが、ずっと背中に視線が突き刺さっている。

そういや、今回の一件でよく力を貸してくれたな。今更だがなんでだ？　サキュバスの店で知り合った程度の相手に馬を貸し、犯罪者討伐に協力するのはあり得ないぞ。

初めて会った時から感じる視線もそうだが、何か理由があるのか？

今までの状況をよーく考えてみる。……あっ、そういうことか。かーっ、気づかなかったぜ。兜野郎はロリサキュバスを狙ってんだな！　俺がこいつと一緒にいることが多いから嫉妬してやがんのか。

こんな願い事を受けたのも、惚れているロリサキュバスに頼まれたから。と考えれば合点がいく。

そういや店でも他のサキュバスに目もくれず、ロリサキュバスがいる俺の方ばっかり見ているしな。そうかそうか、スッキリした。

「曲がりなりにもサキュバスなんだな」

「えっ、何か言いましたか？」

声も姿もガキそのものなんだがな。人の好みにケチ付ける気はないが、これがいいのか。

「あの、じろじろ見られると照れるのですが」

店ではいつも半裸でいるくせに、恥ずかしがる意味が分からん。

今は露出が殆どない服装なのに。こいつの基準がほんと分からないな。

「ダストさん。道は間違っていませんか」

兜野郎が並走して声をかけてきた。

やっぱりな。ロリサキュバスと会話する俺に嫉妬して邪魔をしてきた。

俺とロリサキュバスが仲良くしているように見えたんだろう。やっぱり、こいつに惚れているのか。

前回も今回も世話になったことだ。応援ぐらいしてやるよ。

「このままでいいぞ。おっと、こっちは二人乗りで馬が疲労してるかもしんねえな。こいつをそっちに乗せてやってくれねえか？」

「私そんなに重くないですよ！」

女は歳と体重の話題になると敏感に反応するのが面倒だ。

お前にとって大切な常連でもある兜野郎の望みを叶えてやるんだ。過剰反応してないで協力をしろ。

「彼女をですか……どちらかと言えば、ダストさんを」

「あーっ？　なんだ、よく聞こえねえぞ」

風でちゃんと聞こえなかったが、あんま乗り気じゃないな。喜ぶと思ったんだが。かなり奥手みたいだから躊躇しているのか。

これからも、何かと気にかけておくとしよう。金のかからないことなら協力は惜しまない。それに仲を取り持てば恩に着せて、酒を奢ってくれるかもしれないからな。

「欲望に満ちた視線を感じます……」

「気にすんな」

「エロいような、でも私に欲情しているとは別の……」

「気にすんな」

なんでこいつ、ちょっとムスッとしているんだ。

もう一人の同行者は兜が俺に向いたまま固定されているのが、めっちゃ怖い。一瞬たりとも視線を外さない。

場の雰囲気は良くないが、この調子ならあと数時間で追いつくか。

敵が潜んでいる場所が分かれば楽だが、子分が答えられる状態じゃなかった。

もう少し手加減して蹴ればよかったか。万が一潰れていてもヒールでなんとかなるよな。

……必要なら治療費ぐらいは払ってやろう。

「合流が最優先なのですよね。もし、途中で犯罪者集団に遭遇したらどうするんですか？」

「おいおい、妙なこと言うなよ。そういうのはフラグって言うらしいぜ。カズマに教えてもらったんだけどよ。そういうのを口にすると実際に起こったりするそうだぞ」

「そんなのあり得ませんよ。じゃあ、ここで偶然その連中と出会ったりするんですか。ないですって。あははははは」

何が面白いのか、ロリサキュバスが無邪気に笑っている。

そして、楽しそうに会話をすると兜野郎の視線がきつくなるんだよな。……なんなんだこの状況。

「でも、同じ道を行くのであれば可能性が無いわけでは」

兜野郎は心配性だな。それは杞憂だって。万が一、相手が俺達を見つけたとしても、今から仲間を襲撃する予定があるのに、俺達を襲う暇はないだろ。

「そうは言ったが、心配すんなっての。計画性もなく俺達を襲ったりしねえよ。今までは曲がりなりにも計画性のある犯罪行為をしてきた連中だぜ？　行き当たりばったりで襲う山賊のような真似をしてこねえよ。余程のバカでない限りはな」

「ダストさん。それってフラグでは……」

上手いこと言うな。でもまあ、あり得ないけどな、そんなことは。

「フラグってバカにできないようですよ、お二人とも。前方に何者かが飛び出してきました」

「おいおい、出来すぎだろ」

全員で芝居をやっているのかと、疑われるようなタイミングで現れた。

人数は七か。全員野郎で堅気じゃねえ顔つきだ。冒険者にも見えるが、あの雰囲気穏やかじゃない。端から交渉する気もないようで、既に武器を抜いている。

殺気漲る視線の主はいないようだが、倒すにはちょっと多いな。向こうは馬もないようだし、このまま馬で突っ切るか？　ダメだ、弓を持ったのが二人いる。

「お前ら、一切口を開くなよ。俺の芝居に合わせてくれ」

俺がそう言うと、驚きながらも同意してくれた。

悪知恵だけは超一流と、巷で噂の俺様の実力見せつけてやるよ。

「おーい、あんたらが親分の言っていた仲間か」

向こうが攻撃を仕掛けてくる前に親しげに声をかけ、手を振って近づいていく。

「攻撃しないでくれよ。俺は親分に雇われて、こいつを連れてきたんだよ。ロリっぽい女を集めてんだろ?」

どう見ても幼い村娘にしか見えないロリサキュバスの頭をポンポンと叩く。

それだけで俺が何をしたいか理解してくれたようで、ロリサキュバスが怯えている演技を始めた。

「あっ、うっ、おうちに帰らせて……」

相変わらずいい演技をする。その悲嘆に暮れた表情なんて最高だ。連れてきて大正解だったな。

「ちょっと待て。お前達は仲間に入りてえのか?」

近くまで来て馬足を緩めると、油断した犯罪者どもが寄ってくる。

「おうよ。アクセルの街でチンピラまがいのことをしてたら、親分に気に入られてな。俺は馬に乗れるから、少し遅くなるって連絡をしてくれと頼まれたんだよ。んでもって、この村娘は手土産だ」

「へぇー、気が利くじゃねえか。冒険者達を襲ったらこの街には居られねえからな。ロリが増えるのはありがてえが……新入り、てめえなっちゃいねえな!」

いきなり激高したぞ。まさか、仲間になりたいという嘘がもう見抜かれたのか。剣の柄に手を添えてはいるが、この人数差を覆すのはきつい。

「そこの子が泣いているじゃねえか！　お嬢ちゃん怖がらなくても大丈夫だからね。おい、甘いお菓子持ってこい！」

「へいっ！」

「「「えっ？」」」

予想外の対応に、俺達の口から間抜けな声が漏れた。

ロリサキュバスに優しく語り掛け、他の連中は折り畳みの椅子とテーブルを手際よく準備すると、その上に色とりどりのお菓子を並べる。

椅子の上にはふかふかのクッションを置き、テーブルには花まで飾りだしているぞ。

「ささっ。ここに座ってください」

「あの、はい」

ロリサキュバスが助けを求める目を向けてくるが、俺もどうしていいかサッパリだ。

とりあえず頷いておくと、渋々だがロリサキュバスが馬から下りて椅子に座った。

淹れたての紅茶とお菓子のセットを前に、ロリサキュバスが戸惑っているな。

むさ苦しい顔をした連中はロリサキュバスに触れることなく、一定の距離を保ったまま何かと世話を焼いている。

「味はどうでしょうか？」

「とても美味しいです、はい」

満面の笑みを見せる男の顔に怯えながら、ロリサキュバスが答える。

それを聞いて二人の男がハイタッチをして喜んでいる意味が分からん。

「菓子作りの腕を磨いてよかった……。俺はこの時のために生まれてきたんだ」

「よかったな！　今までの苦労が報われたじゃねえかっ」

涙ぐむ仲間の肩を叩き、感動している面々。……なんだこれ？

この美味しそうなお菓子があいつの手作り……。熊のような顔と体をしたオッサンがちまちま菓子作りをしたというのか。

全員が満足気に頷くと、テーブルの脇に一列に並んだ。

背筋を伸ばして、今から何かやり始めそうな雰囲気だが気を抜くなよ。

どうやらおかしな集団のようだが犯罪集団だ。油断は禁物。

「団内ルール、その一！　ロリは愛でても手を出すな」

「「「ロリは愛でても手を出すな！」」」

唐突な男の宣言を復唱しているぞ、こいつら。

「その二！　決して性的な目で見てはならない！」

「「「決して、性的な目で見てはならない！」」」

あっ、こいつらロリコンだ。

真正のヤバイやつで間違いない。

ロリサキュバスが挙動不審になっている。こいつの見た目はかなり若く見えるから、連中の好みとがっちり一致したんだろうな。

頭のおかしい連中だが人数差がある。話を合わせて隙を見て逃げだすのが妥当だな。

このまま不意を突いてもいけそうな気がするが、バカな発言をしているとはいえ結構腕利きのようだ。歩く際の重心移動や体のブレを見ていると、鍛えられているのが分かる。

「ええと、詳しい話は飯でも食いながら話そうぜ。夜中に大仕事があるんだろ。ちょいと早いけど俺達も飯食って追いつかねえと」

「団内ルールその十三。そうだな……ところで、どっかで会ったことねえか？」

宣言を中断してくれたのはありがたいが、妙なことを言いだした。

連中の一人が俺の顔をじっと見て眉をひそめている。

「奇遇だな。俺もどっかで見たことがある気がしてよ」

続いて三人が同様の反応をした。こいつら、ダクネス誘拐未遂事件で顔を合わせたヤツらか。おぼろげにしか覚えてないが、こんな声をしていたような。

あっ、ヤバイぞこれ。こいつらがハッキリと思い出したら、一巻の終わりだ。

……ここは惚けるしかないよな。

「気のせいじゃねえっすか？　俺みたいな顔した男なんてそこら中にうじゃうじゃいますぜ、ダンナ」

「そのくすんだ金髪は確か……。ぐべえっ!!」

正体に気付きかけた男が、頭を槍の柄で殴られ地面に突っ伏す。

誰がやったかなんて確かめるまでもねえ、兜野郎か！

連中が動揺している間に、もう一人を馬上から叩きのめした腕は大したものだが、相手も場数は踏んでいるようで、三人目が辛うじて穂先を受け止めた。

「てめえ、何しやがる！」

俺は馬から飛び下り、近くの男二人に斬りかかるがギリギリで躱される。

「仲間ってのは嘘か！　やっちまえっ！　あっ、ロリっ子には手を出すなよ！」

「当たり前でさあっ！」

全員が一歩距離を取ってから武器を構えた。人数は二人減って五人か。俺達は三人だが一人は戦力外だ。このまま戦っても分が悪すぎる。なら、やることは一つ。

「うっし、とんずらだ！　全力で逃げるぞ！　こいっ！」

再び馬に乗ると伸ばした手をサキュバスが掴んだので、一気に引き上げる。

「ロリ強盗だっ！」

「人聞きの悪いこと言うんじゃねえ！」

意味不明なことを叫びながら槍を突き出そうとした男がいたが、ロリサキュバスが邪魔で仕掛けられないようだ。

好都合なのでそのまま馬を操りその場から逃走する。兜野郎も後に続いている。

連中が慌てて弓を構えるが、残念だったな。

「くそっ、弦が斬られてやがるぞ！」

「俺もだ！」

さっきのはお前達を狙ったんじゃなくて、弓を狙ったんだよ。

へっ、相手を出し抜く事と、逃げる事に関しては誰にも負けないぜ！

「あばよっ！　もう二度と会わねえが達者でな！」

「戻ってきやがれっ！　ロリっ子だけ置いていきやがれえええええっ！」

負け犬の遠吠えが聞こえてきたが、無視して逃走する。

ある程度距離を確保したところで、速度を落として兜野郎の隣に並んだ。

「うっし、まんまと逃げおおせたぜ」

「悪党をも欺く、見事なお手並みでした」

「相手を騙す能力は超一流ですよね！」

「おうよ。俺の手にかかれば、ざっとこんなもんよ」

連中が倒された二人を置き去りにして行動するか、回復を待つかによって移動速度が変わってくる。どっちにしろ、このまま馬で進めば追いつかれることはない。

「あとはこのまま、ダストさんのお仲間を見つけるだけですね」

「へっ、何言ってやがんだ。罠を仕掛けて、不意打ちすんぞ」

「はい？」

そんな、唖然として驚くようなことじゃないだろ。兜野郎は表情が分からねえから、どういった反応なのかは伝わってこない。

「間抜け面してんじゃねえよ。こっちは向こうよりも機動力があることが分かったんだ。もう慌てる必要はねえ。それよりも先行したはいいが仲間を見つけられず、無駄に時間が過ぎる方が困るだろうがよ。仲間を襲う場所を聞き出すためにも、ここで倒しちまった方が手っ取り早い」

「それはそうですけど。今、逃げてきたところですよ？」

「だからこそだ。逃げ出した連中が待ち伏せしてるとは思わねえだろ。それに俺達の後を追うのに必死で注意力も散漫になっているだろうからな。簡単な罠も見抜けねえぞ、きっと」

　俺達が先に合流してしまえば、全ての計画が無駄になる。連中は今頃焦っているだろう。諦めて逃げ出したのなら、それはそれで構わないが。

「でも、罠に必要な道具とかどうするんですか？」

「豊富な自然があるじゃねえか。それにだ、冒険者ってのは情報と準備が不可欠なんだぜ。正攻法が通じねえなら、頭を使って罠にはめろってな。そこで俺が持ってきた、この背負い袋の中身が役立つってわけだ」

「ダストさん。……盗賊に転職したらどうです？」

「お断りだ。下らねえこと言ってねえで、とっととやるぞ。時間がねえんだ、きびきび働け、働け」

「ダストさんに働けと言われると、軽い屈辱を感じます」

どういう意味だ。無駄口叩いている暇があるなら、兜野郎を見習え。

既に馬を安全な場所に繋いで、俺の指示待ちだぞ。これが上手くいったら、ロリサキュバスとの仲を積極的に取り持ってやるぞ。

「おら、さっさと動け動け」

6

罠を仕込み終わり、完璧な作戦も組み上がった。

各自が配置につき、後は連中が現れるのを待つだけだ。

憎めないところもある連中だが、未遂と現在進行形の誘拐犯であることに間違いはない。

どこぞの貴族に渡すという発言もあった。

どんな理由があったとしても、仲間を傷つけようとする連中を許す気はない。

俺達が襲撃する場所はキールのダンジョンへ続く獣道の手前。まだ辛うじて道らしい道が存在している場所だ。

上り坂になっていて道幅は野郎が二人並ぶのが限界。道の脇は急な傾斜があり、膝上辺りまで雑草が生えている。

地の利はこっちにあるからな。

遠方から大人数の足音が響いてきた。それが徐々に大きく鮮明になっていく。

道の脇の雑草に伏せた状態で相手の様子をうかがうと、男が七人。汗だくでこっちに向かってきている。

ここは分岐もないし、雑草が茂り傾斜もある場所を進む理由もない。よしよし、ここまでは計画通りだ。

「急げ！　今回の一件が失敗したら、親分に何をされるか分かったもんじゃねえぞ。秘蔵のコレクションの数々を奪われちまうかもしんねえ」

「アイリス様の写真集を取られちまったら、生きる希望がなくなっちまうぞ」

「俺も幾つか親分に目を付けられているのがあるんだよ。くそっ、急いでるってのに妙にぬかるんでないか、この道」

かなり焦っているようだが、その親分は今頃、牢屋の生活を満喫しているぞ。

連中が坂道を登り始めたところで、進路方向に全身ずぶ濡れの兜野郎が現れた。

道を塞ぐように立ちはだかり、坂の上から見下ろしている。

「てめえは、さっきの！　身ぐるみ剝がされるために待っているとは殊勝な心掛けじゃねえか。残りの二人はどうし……おい、何やってんだ。あいたっ！」

連中の戯言には一切耳を傾けず、あらかじめ拾っておいた手頃な大きさの石を黙々と投げつけている。

「おい、止めろ！　てめえ、ガキかっ！　石ころなんて投げてんじゃ、痛ぇ！　石を投げるならさっきのロリっ子と交代しろ！　少女が石を一生懸命投げる姿……それなら萌えられ、ぐはっ！」

顔面に命中したな。殺傷能力は低いが結構痛いぞ。当たりどころが悪かったら、骨にひびぐらいは入るかもな。

細い道で敵は密集状態。そして高所からの投擲。相手は弓を失い飛び道具がない。面白いぐらいに一方的な攻撃だ。

「うひゃひゃひゃひゃ、いい眺めだなぁ、おい！」

脇の傾斜の頂上から石をぶつけられている連中を見下ろし、腹を抱えて笑ってやった。

挑発の意味もあるが、半分以上は本気で面白がっている。

「お前ら二人は、脇から回り込め！　お前らはあの馬鹿笑いしているヤツをどうにかしろっ！　俺とお前は正面から行くぞ！」

顔面を斧の刃で庇いながら、強引に進むか。仲間の三人は俺がいる右の斜面を、二人は左の斜面を登るつもりのようだ。傾斜だけなら、登れないこともないが……。

「う、うわああっ！　なんだっ？　ここ雨でも降ってやがったのか。草が濡れて足が滑る！」

「げふっ！　ってええっ、なんかに引っかかったぞ」

斜面を滑り落ち、道に到達する前に雑草を結んで輪にした罠に引っかかって、転ぶ連中を眺めゲラゲラと腹を抱えて笑う。

「へいへーい。大丈夫でちゅか？　あんよが上手、あんよが上手」

「ざっけんなよおおおっ！　幼女は好きだが、幼女扱いされるのは許せねえっ！」

苛立てば苛立つほど、足下がお留守だ。転んでばかりで全然登れてないぞ。

おっと、逆の斜面を登っている連中には石ころのプレゼントだ。

投げつけた石がいい感じに後頭部に命中して、下から登ってきていたヤツを巻き込んで、転げ落ちていく。

「もう、そっちはいい！　全員で正面突破だ！　顔だけ庇って突っ込め！」

諦めて道を行くことにしたのか。それが妥当だよな、普通なら。

石程度なら防具で耐えられるから間違いじゃない。だけど、このダスト様がそんなことも考慮してないと思うか？

「いい具合に密集してくれたじゃねえか。頼んだぜ！」

「わっかりましたー」

俺の合図に応じてロリサキュバスが潜んでいた木の上から飛び出す。

村娘の格好ではなく露出の高い姿で背中の蝙蝠の羽をパタパタさせて、宙に浮いている。

「なっ⁉　あの少女は天使だったのかっ！」

いや、あの羽は悪魔だろどう見ても。

驚愕する連中の真上に到達したロリサキュバスは、大事に抱えていた雷撃が封じ込められている魔道具の球を両手で挟み込むようにして摑む。

「では、雷撃発動！」

摑んでいた球から真下へと雷撃が落ち、一人に直撃するとずぶ濡れの地面から雷撃が辺りに広がり、連中を一網打尽にした。

予想以上の威力だった。焦げた臭いがするが死んでないだろうな。

「この魔道具凄いじゃないですか！」

舞い降りてきたロリサキュバスは興奮冷めやらぬようだが、自力で飛べる悪魔だからこそだぞ。人間には扱いづらい不良品だ。

「あの地面を水浸しにする魔道具も大したものでしたね。騒音がうるさくて壊したら酷い目に遭いましたが」

ここら辺一帯が濡れているのは、魔道具店でもらってきた簡易トイレを使ったからだ。

想像以上の騒音に、魔物が集まるのを危惧して兜野郎が破壊すると、辺り一面が水浸しになった。不幸中の幸いってやつだな。……違う気もするが。

「それで、これどうします？」

「防具も服も剝いで、そこらの木に縛り付けとこうぜ。リーン達と合流した後にどうにかすりゃいい。潜り込んだヤツしか残ってねえが、油断はできねえからな」

「そうですね。じゃあ、手早く脱がしましょうか」

「はいはーい、手伝いますよ」

サキュバスだけあって男を脱がすのに、なんの抵抗もないんだな。

兜野郎は妙に手際がいいような？　鎧を脱がせるのは結構手間なんだが。

俺も手伝い、物の数分で全員の装備と服を脱がせ、大木に背を預けるように座らせる。

そして、ロープでまとめてぐるぐる巻きにしておいた。

「想像以上に時間かかっちまったな。もう暗くなり始めてやがる。急ぐぜ」

再び騎乗すると、濡れていない坂道を登っていく。

途中で獣道となりこれ以上は馬が進めないので、そこでお別れとなった。

「ここで待っていてくれるかい？　帰ってこなかったら、先に戻っていいからね」

馬に話しかけている兜野郎を黙って眺めていた。

人間の言葉を馬が完璧に理解しているとは思えないが、利口な馬はある程度は簡単な単語や主の気持ちが分かるからな。

久々だったが馬に乗るのも悪くなかった。

「ダストさん、今、凄く優しい顔してましたよ」

「俺はいつだって優しいだろうが」

「……ソウデスネ」

「言いたいことがあるなら、目を見て言いやがれ」

目を逸らしながら棒読みで答えたロリサキュバスに詰め寄る。

鳴りもしない口笛吹いて誤魔化そうとするな。

「お待たせしました、行きましょう」

馬との話が終わった兜野郎が振り返ったので、俺達は速足で獣道を進んでいく。

一人で無謀な真似はしないと思うが、犯罪者ってのは何考えているか分からないからな。

こいつらは理性もあるしリーンに手を出す気はなかったようだが、組織の中には異なる考えを持つ者が一人か二人は潜んでいるものだ。

万が一だが、仲間やリーンを傷つけるような真似をしていたら……。俺は自分を抑えられるか自信がない。大丈夫だ。きっと、大丈夫だ。

7

「はっ、間抜けなヤツらだ。くっはははっ」

大口を開けて爆睡する三人を見つめ、俺は満足気に笑う。

野宿の深夜の見張り担当を新入りだからと強引に引き受けたら、逆に恐縮するようなお人好し達。

寝ていた俺を起こして、何の疑いもなく眠りにつきやがった。

たき火にこっそり特製の睡眠薬の粉を投入して、周囲に眠りの効果が充満した結果、この有り様だ。

かなり強力な眠り薬だから、一晩はどんなに騒いでも起きてくることはない。

「あと二時間程度で待ち合わせの時刻か」

本来ならもっと遅めに薬を使ってもいいのだが、今日はわざと早めに行動を起こした。

眠りこけるリーンと呼ばれている魔法使いをじっと見つめる。

年齢は不明だがたぶん十代半ばぐらいだろう。幼さの残る顔をしているので、依頼人も満足する人材だ。

普通は胸や尻が豊かな女を好むが、あえて貧乳を愛すヤツらがいる。

多くの人々からは理解されがたい性癖だが、俺の所属する一団は若い女性……それも少女と呼ばれる女性の外見に魅力を感じる団員で構成されている。

初めて見た時から、この女は好みのど真ん中だった。もっと若い女が好きな本物もいるのだが、俺はこれぐらいが丁度いい。

「ガキのような外見のくせして、日頃は強めの口調ってのもいいよなぁ。そんな女を好きにできるとなると……。ジュルッ。おっと、涎が出ちまった」

少女は愛でる対象であって手を出すのはご法度なのだが、バレなきゃ問題はねえ。役得目当てで一番面倒な役割を担当しているのだから。

「まずはマントを脱がして。次は下からいくか、上から攻めるか。靴と靴下は残しておくべきだよな」

脱がし方にもこだわりがある。全裸よりも少し残した方が興奮度は増す、というのが俺の持論だ。だから、まず上だけを脱がしブラは残す。

そして、下も脱がすのだがパンツは残す。そうだこれだ、これだよ！

未熟で発達していない胸とパンツとのコラボレーション！　そして、靴を残すことで被

「最高じゃねえかっ！　さーて、それじゃあ、その体をじっくりと堪能させてもらうぜぇ」

虐性を演出！

俺は人差し指だけを女の体にすーっと滑らせる。

この膨らみ切れていない慎ましやかな胸。水も弾くハリのある肌。……たまんねぇ。さてと、もっと楽しませてもらうぜ。

摑みにくい胸をあえて鷲摑みにすることで、その感触を手のひら全体で感じさせてもらうとするぜ。目を閉じることで全ての神経を手に集中する。

「あれ？　思ったより、ボリュームがあるぞ。えっ、こんなに巨乳だったか」

手から零れ落ちるような大きさと弾力。実は隠れ巨乳だったのか？

こういうのも悪くないが、正直求めているものと違う。見た目とこんなにも違うとは、女体の神秘だ。

目を開けて現状を確認すると頰を赤く染めた——豚がいた。

「はああああんっ!?　なんでオークがっ!!」

俺が揉んでいたのは、リーンの胸じゃなくオークの胸!?

一体全体どうなってやがる！

「あら、強引なオス、嫌いじゃないわよ」

オークがハァーハァーと荒い呼吸を吐きながら、俺を潤んだ瞳でじっと見つめている。

背中をおぞましさが駆け抜けた。

「こ、こ、こ、こ、こ」

驚きの余り上手く口が回らねえ。

「こ、婚約？　気が早いわねぇ。ま、ず、は、体の相性を確かめてからにしましょ」

「ひぃぃぃぃぃぃっ！」

俺は飛びのくと、尻もちをついた状態で後退る。

に、逃げないと！　オークって言えばメスだけの種族で、男を見れば襲い干乾びるまでやりつくして殺す、男にとって最低最悪の種族だ。

オークに捕まった男達の悲惨な末路は、酒場で何度も耳にしたことがある。

不格好でもこの場から少しでも離れないと！

腰が抜けて立ち上がることができず、そのまま距離を取ろうとしたのだが、背中が何かにぶつかった。

「あーら、お兄さん、どこに行くのかしらぁ」

う、嘘だろ、この声は……。

振り向くなと本能が叫んでいるが、それでも俺は振り返らずにはいられない。

そうだ、気のせいかもしれない。ただの障害物に当たっただけで聞こえてきたのは幻聴だ。

ゆっくりと首を巡らすと……ぶつかったのは岩でも木でもなく、肉厚すぎる体を持て余しているオークだった。

それも三体。

「ひぎゃああああっ！」

「思う存分楽しみましょう。今夜は寝かせないわよっ！　ふーっ、ふーっ」

「今日のわたしは狂暴よっ！　邪魔な服はやぶっちゃいましょうねー」

「いやっ、いやっ、やめてっ！　乱暴しないでっ！」

「うちは最低五十人は産みたいから、パパ頑張ってね。まずはあなたの息子さんに挨拶代わりのキスをしないとっ！」

「お、お構いなく！」

転がって逃げようとしたが、初めにいたオークに回り込まれがっちりと肩を掴まれた。

荒い鼻息と涎で濡れた口が徐々に、徐々に、こっちへ……。

「だ、だれかああああっ！　助けてええええっ！」

俺の見下ろす先には、眠りながら絶叫を上げてのたうち回っている男がいた。

その隣には手をかざして夢を見せている、ロリサキュバスがいる。

「演出のアドバイスをしておいてなんだが、ちょい引くな」

俺の仲間達を騙し、リーンに手を出そうとしていたらしい男が夢の中で、目も当てられない状態になっているようだ。

必死に頭を左右に振り、何かを拒絶している。

「ふふふっ、ちょっと楽しいかも」

微笑んでいるロリサキュバスが怖いんだが。こいつ何かに目覚めようとしてないか。……これからは、もう少し優しく接することにしよう。夢を人質に取られたら抵抗のしようがないからな。

「まさか、犯罪集団の一員だったなんてね。人は見かけによらないって、このことよ」

リーンが腕を組んでしかめっ面になっている。

ヤツが寝ている隙にこそっと合流した俺達を見て驚いた仲間達だったが、事情を説明すると直ぐに納得してくれた。

正確には俺を信じなかったくせに、ロリサキュバスと兜野郎の説明で信じたんだけどな！　仲間としてどうなんだ、それは。

「ダスト、助かったよ。礼を言う」

「見直したぜ。やる時はやる男だよな、お前は」

テイラーとキースは素直に称賛してくれているようだ。

肝心のリーンはというと、腕を組んだままじっとこっちを見ている。

「おいおい、リーンさんよ。俺に何か言う事があるんじゃねえか？」

「あう。そ、そのあれよ。ありがと。助かったわよ！」

怒鳴るように礼を言うが、あれが照れ隠しなのは分かっている。

だから俺は――。

「おう、感謝しろよ」

笑顔で返した。

8

今日はもう遅いので明日戻ることにして、全員が寝静まった深夜。

俺はじゃんけんで負けて、この時間帯の見張りを一人でしている。本来はリーンと二人で見張りの予定だったが、起こさずに一人でたき火をじっと見つめていた。

気持ちよさそうに寝ている仲間とロリサキュバス。兜野郎は寝ている時も兜を外さないので、どんな顔をして寝ているのかは不明だ。

オークパラダイスで精神をやられた男は、ロープで縛られて転がっている。

この場で起きているのは俺――と、もう一人か。

その場に立ち上がり尻に付いた土を払う。

「借りるぜ」

眠っている兜野郎の傍に落ちていた槍を拾い上げる。

俺の斜め後ろに生えていた大木の横を通り過ぎ、闇の中を進んでいく。

開けた場所に出ると、すっと目を細めた。

「そこにいんだろ。こいつらを起こしたくないから、ここまで誘ったんだ。出て来いよ」

「ほう、俺に気付いていたのか。雑魚だと思っていたのだが」

木の陰から姿を現したのは、黒装束の男だった。口元も頭も黒い布を巻き付けていて、闇と同化している。

連中を罠にかけて撃退している最中に、微かだが視線を感じていた。あれからずっとつけてきていたようだ。

この男の気配と足運びだけで、ヤバイことが一発で理解できた。今までの連中とはけた違いの腕だな。こいつはマジもんの暗殺者か？

バニルの旦那が油断するな、って言ってたのは、こいつの事で間違いない。

「そんだけ殺気放っていたら、気づくってえの。お前さんが何者か知らねえが、たぶんあいつらに雇われたんだろ？　親分は既に留置場だぜ。それでもやるってのか」

「連中に雇われたこの身。金は前払いで既にいただいている。商品を運ぶ依頼は果たさねばなるまい」

「裏稼業なくせしてクソ真面目だな、あんた。堅苦しい生き方してっと人生損すんぜ。……昔の俺みたいに」

「忠告感謝する。御託はここまでにして、仕事をこなすとしよう」

やる気に満ちた相手を前にして、手にした槍に視線を落とし強く握る。

槍は嫌になるぐらい振ってきたもんな、未だに手に馴染む……か。

「大切な者を守るためなら、許してくれるんだよな……」

リーンとよく似た顔をした、自分勝手で奔放すぎるあの方の顔が脳裏に浮かぶ。

別れの日に餞別で貰った剣に指を這わし、大きく息を吐く。

──槍を使わせてもらいます。

軽く膝を曲げ、腰を少し落として構える。

黒装束の男が滑るような足運びで正面から突っ込んできた。

相手の両手には短剣が一本ずつ握られているな。二刀流か。

一気に間合いを詰めてくるヤツに向かい、穂先を突き出す。だが、それをギリギリで躱すと、そのまま懐へと飛び込んでくる。

闇に月明かりを反射する銀の光が二本走る。その軌道は俺の首を狩ろうとしていた。

俺は上半身をのけ反らして刃から逃れると、勢いを殺すことなく後方へと一回転をする。

着地する直前に空中で槍を薙ぎ払うと、黒装束の男は後方へと飛んだ。

「大した腕だ。ずっと観察していたが、あれは偽りの姿だったという事か」

「そうでもないぜ。むしろ、こっちの方が偽りの姿かもしんねえぞ」

軽口を叩き、相手を正面から見据える。

「だが、今の攻防で既に見切った。次の一撃で仕留めるっ！」

自信ありげに宣言した男が一歩こっちへ踏み込むと同時に、俺は槍を半回転させ石突を敵に向けると――本気の突きを放つ。

その一撃は空気を切り裂き、相手の腹を容易に捉えた。

黒装束の男の驚愕に見開かれた目が、腹に潜り込んだ槍を確認すると、音もなく地面へと崩れ落ちる。

「悪いな。久々だったから加減が分からなくて手間取っちまったぜ」

エピローグ

「――エリスも手に入れられねえし、あの店での接待もおじゃんだ。はぁー」

結局、今回の一件は俺にとっての利益はなんもなかった。

実はあの連中、何度か誘拐を実行していたのだが全て半日も経たずに解放しているのだ。誘拐された側も指一本触れられることなく、お姫様のように扱われもてなされるだけなので、被害届が取り下げられている。

おまけに連中のバックにとある名門の貴族がいるらしく、警察が公にする気がないようだ。なので、手配書もなく賞金も存在しない。

あいつらに雇われていた暗殺者っぽい男はいつの間にか消えていた。……二度と関わらないならどうでもいいか。ああいう生真面目な野郎は戦うことで義理を果たしたと判断して、二度と構ってこないだろう。

仲間が無事なのは何よりだが、俺は損しかしていない。

「少しは見直してあげたのに、どうしようもないわね……あんたは」

ギルドのいつもの席で机に突っ伏していると、対面の席に座ったリーンが口元を歪ませている。呆れているようだが、本気ではないみたいだな。苦笑いってところか。

「ダストにも感謝しているが、あの場にいた二人にも正式に礼をしておかなければ」

テイラーはそういうとこがしっかりしている。仲間にあいつらを紹介するのは、ややこしいことにしかならない。

「あの子は知っているけどよ。貴族とサキュバスだぞ。兜被ってんの誰だよ、ダスト」

俺と同じく常連のキースにはロリサキュバスの正体は見抜かれている。兜野郎の方は……後でキースだけなら教えても構わないか。

「今度、教えてやんよ」

「でも、あの可愛らしい子って凄いよね。精神に関与して夢を操る魔法なんて、聞いたこともないんだけど。今度教えてくれないかな」

そういやロリサキュバスのことは、特殊な魔法を使えるって設定にしたのか。あいつの正体はリーンには秘密にしとかないと、酷いことにしかならん。

「あ、そうだ！　うちのパーティーに入ってもらうってのはどう？　女の子増えたら私も嬉しいし。あんたとも仲がいいんでしょ」

「ちょっと待て、それは……」

そんなことしたら、正体がバレるだろ。それは断固拒否させてもらうぞ。

「何よ、いいじゃない。そういや、なんでダストなんかが、あんな可愛い子と知り合いなのよ。まさか弱みを握って」

「ちげえよっ！　あれだ、前にあいつの働いている職場の問題を解決してやったんだよ。チンピラ絡みの一件でな」

「あんた、そういう方面には顔が利くもんね」

これで納得されるのも、なんかもやっとするが、今は我慢するか。

「んなことより、依頼受けようぜ。俺が本格的な犯罪に走る前にな……」

「冗談に聞こえないのが怖い」

本気なわけないだろ。……ちょっとしか。

総資産がマイナスな現状をいい加減どうにかしないと。

テイラーが机にドンッと中身の詰まった袋を置く。

「あー、金が無いなら。これを使え」

これって、もしかして金が入っているのか？

「何を企んでやがる」

「お前は常日頃から金をせびるくせに、何も言わずに金を出すと警戒するのか。これはギルドからの迷惑料だ。犯罪者であることを見抜けずに紹介してしまった詫びらしい」

テイラーが親指でくいくいっと指す方向にはギルドのカウンターがあり、目が合ったルナが深々と頭を下げている。

「全員に渡された分だ。全部、ダストにやる。一応、命の恩人だからな」

「こう見えても感謝してんだぜ」

「ま、そういうことよ」

ったく、素直じゃない仲間だ。水臭いと断れたら格好良いのだろうが、もらえる物は遠慮なくいただくってのが信条だからな。

「ありがとよ。これで借金返しても、まだ余るな。パーッと飲み明かすか！」

「依頼の話はどうなったのよ。まったく、仕方ないわね。今日は付き合うわよ」

「いいねえ。ガンガン飲もうぜ！」

「そうだな。再結成の記念でもあるからな。飲みまくるか！」

やっぱ、仲間ってのはこうじゃないとな。

苦労も楽しみも共に分け合うのが、仲間のありようだ。

「おっしゃ、飲みまくるぜ！　酒、じゃんじゃん持ってきてくれ！」

「儲かっているようではないか。我輩もご相伴にあずかりたいのだが」

近くを通りかかった店員を呼び止めようと伸ばした腕を、すっと横合いから伸びてきた白い手袋をはめた手が摑む。

いい気分なところを邪魔する無粋な真似をしたのは、どこのどいつだ。

顔を上げた先には見慣れた顔があった。

「あれっ、バニルの旦那。またバイトか？」

前にギルドの片隅で相談所をやって好評だったらしいので、また同じことをするのか。

「そのつもりだったのだが、せずに済むようだ。では、魔道具の代金をいただこう」

「えっ、何を言ってんだ旦那。魔道具はタダでくれるって言ってたじゃねえか」

「確かに我輩は言った。……一つだけなら無料だと」

バニルの旦那が金の詰まった袋を掴んで、「フハハハハハ！　お主の悪感情もなかなか美味であるぞ」と言い残し、ギルドから去っていく。

すっかり忘れてた……。そういや、初めに一つだけ無料って言ってたな……。

「俺の飲み代……。金……」

あまりのショックに旦那を引き留めることすら忘れていた。

呆然と仲間の顔を見回すと、全員が同情した顔で俺の肩に手を添える。

「「「依頼受けよう」」」

声を揃えるな。

「ああ、くそおおおっ！　なんで、金はいっつも俺から去ってくんだ！」

「お金はあんたのことが嫌いなんでしょ。ほら、さっさと依頼を選んできなさい。一緒に行くわよ。……仲間なんだから」

少し照れてぶっきらぼうに言うリーンの後ろで、テイラーとキースが大きく頷く。

しゃーねえな。今日も頑張って稼ぐとすっか。

「あーっ！　旦那が金を全部持って行っちまったから、今日が期限の借金返せねえじゃねえか！　依頼受けて、少しでも街から離れるぞ！」

手頃な依頼をささっと決めてギルドを出ると、雲一つない空から陽光が降り注いでいる。

今日も声を張り上げ客を呼び込む店員。

冒険に向かう顔見知りの冒険者。

俺の顔を見て警戒する警察の連中。

「腹立つぐらいに晴天だなぁ、おい」

「天気に八つ当たりしないでよ。はぁ、あの夜は……カッコよかったのにさ」

俺の耳に口を寄せて囁いたリーンの顔を思わず見返す。

白い歯を見せていたずらっ子のように笑う顔に、思わず見とれてしまった。

「あの夜って、もしかして起きてたのか？」

「さーて、どうでしょう」

俺の問いかけにリーンは曖昧に返すと、スキップをしながら走り去る。

キースとテイラーと顔を見合わせ、肩をすくめると後を追った。

今日も騒がしく楽しい一日が待っていそうだぜ。

あとがき

この度『あの愚か者にも脚光を！』を執筆させていただきました、昼熊と申します。

この本を手に取った多くの方は『このすば』のファンであり、昼熊って誰だ？　と疑問を抱いているのではありませんか。スニーカー文庫様から『自動販売機に生まれ変わった俺は迷宮を彷徨う』でデビューして一年と少しの新人作家です。

そんな私が担当のM氏から「『このすば』のスピンオフ書いてみませんか」と打診されたのは今年の頭でした。ｗｅｂ時代から『このすば』のファンだった私は「本当ですか、お願いします！」と即決したのですが電話が終わりしばらくして冷静になると……とんでもないことになったな、と後になってプレッシャーが押し寄せてきました。

大人気作品の公式スピンオフを担当する。その現実に怖気づきそうになりましたが、一ファンとして書くことを選んだのです。これはあくまで私の考えなのですが、スピンオフ作品を担当する者は原作が好きであること、これが最低条件だと思っています。私はその条件には当てはまっていると胸を張って言えます。大ファンですから！

作家として仕事と割り切るのではなく、ファン目線も忘れずに書くことができれば誰よりも面白い作品がつくれるのではないか。『このすば』の世界とキャラを借りて自分のオリジナルキャラを活躍させるのではなく、本編の裏側で起こった出来事や脇キャラ達の活躍をもっと見たい。それがファンでもある私の望みでした。


この作品を書くにあたって、お礼を伝えるべき方が大勢います。

まずは暁なつめ先生。魅力的なキャラばかりの『このすば』を私に書かせていただき、本当にありがとうございます！　ここで作品への思い入れと感謝の気持ちを言葉にすると、あとがきが10P以上増えてしまいますので別の機会に改めてご挨拶させていただきます。

三嶋くろねさんのキャラ絵を参考に想像を膨らませて、ダスト達を楽しく暴れさせることができました。

今作において美麗なイラストを担当してくださった、憂姫はぐれさん。素敵な絵をありがとうございます。ダクネスいいですよね……。

アニメの関係者の皆様。執筆中も生き生きとしたキャラたちが脳内で動き回り、担当された声優の皆様の声がずっと脳内で再生されていました。

編集部の皆様。意見を交わし合った担当のM氏。この本に携わった全ての方々。

最後にこの本を手に取ってくださった読者の皆様へ感謝を！

昼熊

お買い上げいただき
ありがとうございます!

「このすば」の1ファンとして、
同じこのすばファンの皆様に
少しでも楽しんでいただけたら
嬉しいなと思って頑張りました。

あとロリサキュバスちゃんには
名前とか呼び名があるのか
気になります。

憂姫はぐれ

ダスト外伝、発売おめでとうございます!
自分以外の方が書くダストというのも
新鮮な感じです。
昼熊先生の更なるご活躍を
期待しつつ、あらためて。
『あの愚か者にも脚光を!』の
発売に、祝福を!

暁 なつめ

ダストさんの外伝!
発売おめでとうございますー!!
気になってたダストさんの裏事情(?)が
ついに見れちゃうということで、
私も読むのがすごく
楽しみです。
そしてはぐれ先生の
ダクネスやみんなが見られるだなんて…!
本当にありがとうございます
&ご馳走様です!!

三嶋くろね

この素晴らしい世界に祝福を！エクストラ
あの愚か者にも脚光を！
素晴らしきかな、名脇役

原作　暁 なつめ
著　昼熊

角川スニーカー文庫　20456

2017年8月1日　初版発行
2019年1月20日　6版発行

発行者　三坂泰二

発　行　株式会社KADOKAWA
〒102-8177 東京都千代田区富士見2-13-3
電話　0570-002-301（ナビダイヤル）

印刷所　株式会社暁印刷
製本所　株式会社ビルディング・ブックセンター

KADOKAWA　カスタマーサポート
[電話] 0570-002-301（土日祝日を除く11時～17時）
[WEB] https://www.kadokawa.co.jp/（「お問い合わせ」へお進みください）
※製造不良品につきましては上記窓口にて承ります。
※記述・収録内容を超えるご質問にはお答えできない場合があります。
※サポートは日本国内に限らせていただきます。

Printed in Japan　ISBN 978-4-04-105816-9　C0193

★ご意見、ご感想をお送りください★
〒102-8078 東京都千代田区富士見 1-8-19
株式会社KADOKAWA　角川スニーカー文庫編集部気付
「昼熊」先生／「憂姫はぐれ」先生
「暁 なつめ」先生／「三嶋くろね」先生

[スニーカー文庫公式サイト] ザ・スニーカーWEB　https://sneakerbunko.jp/